星际谜踪系列

星际迷踪

柯梦兰 著

四川科学技术出版社

图书在版编目(CIP)数据

星际谜谍 / 柯梦兰著. —— 成都：四川科学技术出版社，
2017.9 (2023.1重印)
（星际谜谍系列）
ISBN 978-7-5364-8783-3

Ⅰ.①星… Ⅱ.①柯… Ⅲ.①科学幻想小说－中国－
当代 Ⅳ.①I247.5

中国版本图书馆CIP数据核字(2017)第226759号

星际谜谍系列

星际谜谍
XING JI MI DIE

著　　者	柯梦兰
出 品 人	程佳月
责任编辑	张湉湉
封面设计	王鹏舟
责任出版	欧晓春
出版发行	四川科学技术出版社
	成都市锦江区三色路238号　邮政编码：610023
	官方微博：http://weibo.com/sckjcbs
	官方微信公众号：sckjcbs
	传真：028-86361756
成品尺寸	140mm×210mm
印　　张	8.25
字　　数	165千字
印　　刷	天津旭丰源印刷有限公司
版　　次	2018年3月第1版
印　　次	2023年1月第3次印刷
定　　价	48.00元

ISBN 978-7-5364-8783-3

柯梦兰：一位擅长写科幻故事的严谨科幻迷

著名科普科幻作家　董仁威

我是在全球华语科幻星云奖颁奖典礼上认识柯梦兰的，她那天来找我，与我聊得很开心。这是一位对科幻有执着追求，眼睛里充满了梦幻色彩，很朴实的女作家，一个很纯洁的理想主义者。此后，我们虽见面不多，但通过邮件、微信以及她满腔热情地参与我们的华语科幻星云奖活动，我对她的了解日益加深，成为忘年交。

在我的印象中，柯梦兰是一个讲故事的好手，因为在创作"星际谍谍系列"之前，她已创作了十几部小说，另外，当时她已参与过两部动画片的前期策划及剧本创作，也写过情景喜剧剧本，同时还在《时代动漫》杂志当过副主编。

柯梦兰曾同我谈起过"星际谍谍系列"的创作初衷与创作过程，说她是一个科幻迷，很喜欢看国内外的科幻大片。可是，当时看来看去，都是国外的科幻大片较多，国内的相对来说较少，星际战的更是没看到过。于是，她开始筹备写第一部星际战的科幻小说——《星际谍谍》。

有人说，每位作家都有一颗最强大脑，而对于作家兼编剧的柯梦兰来说，更是如此。

写星际战的科幻小说，不同于写其他小说，需要找很多关于星系、时空、黑洞、虫洞、类地行星、空间扭曲等各类科普知识

的资料。这些她都不敢含糊，每次找来的资料都要自己先仔细阅览几遍，把里面的科普知识琢磨透了后，再与同是科幻迷的工程师朋友探讨：这样加入行不行？有没有科学逻辑上的错误？直到他们都觉得没问题了，她才会把一些科学理论的知识点，适当地加入小说里的故事情节中。

说起写科幻小说，特别是写星际战科幻小说，如何将外星球发生的故事与地球人的想象思维联系起来，产生可读性是件很费脑力的事，需要超强的想象力。这主要是因为这一类科幻小说中，有些故事情节和其发生地不是在地球，而是在外星球。所以在小说中，必须根据太空星系资料，构筑一个完全不同于现实世界，只属于小说时空中的星际体系，作为小说中正反两派上演精彩对决的外星探险故事发生地。

然而，对她来说，更具有挑战性的是，"星际谍谍系列"小说中所有的飞船体系、战斗体系、黑洞星岛、白矮星及不同的类地行星的生物兽种类、不同的外星人的变形、战斗招数等，都是经过了她的细心策划，并在小说中有身临其境的精彩描述。

记得2012年，柯梦兰来成都参加第三届全球华语科幻星云奖时，她曾与我提过《星际谍谍》。当时，她说已完成了《星际谍谍》的初稿，于是我叫她回去后发部分样章给我看。她回去后，很快就发来了样章，我看后，觉得这部小说写得很精彩，但是，只写一部小说，实在太可惜了。于是我鼓励她写成一个星际战系列的科幻小说。

当时我也就只是这样说说，没想到，现在她竟写了第二部《星际勇士》、第三部《双宇宙的阴谋》，最终完成了"星际谍谍系列"三部曲，其间还写了"罗布泊时空之门系列"两部科幻小说。

前段时间，她联系我说"星际谜谍系列"小说已签约四川科学技术出版社，要出版了。我当时还不相信，因为她平时除了写作，还要管理一个影视动漫谷网站，空了还会写写剧本，我没想到她的这个科幻系列小说能这么快完稿。而且，"星际谜谍系列"第一部小说的网剧剧本也已改编完成。

当我阅览完后，的确让我大吃一惊："星际谜谍系列"小说中，主角探险的行星都是以近年各国科学家新发现的类地行星为原型，小说中大胆地对未知行星的气候、生物种类进行猜测，大胆的构思，超强想象力的描述，让读者有身临其境的外星探险体验。对相关黑洞、白矮星、类地行星的描述，太空知识及光速的计算，都是以相关资料为参考，而并非随意幻想捏造的。

"星际谜谍系列"小说中的角色，个性鲜明，博闻多识，本领超强；故事内容丰富，外星及太空星际战的故事描述详细、场面浩大，武器及外星飞船的功能描述完整，战斗设定细化，再加上精彩和充满悬念的星际战故事情节，能让读者在阅读此书的过程中，更有震撼的身临其境的外星探险体验！

小说中描述的各星球上的外星人，种类五花八门，有黑洞星岛上的 N 斯博士、黑洞怪兽军，白矮星光能兽、光能兽军、Gliese 581c 行星的蛇族人和蜥蜴族人，Kepler－22b 行星的蓝龙兽、黑龙兽两族，Gliese 163c 行星的鱼人族与虫族，HD 85512b 星的原始兽居民、火山能量人等，并对这些生活在不同行星上的外星人的生活习性和它们的飞船、战斗武器都有详细的描述。

最后，我忍不住地想与大家简单分享"星际谜谍系列"三部小说精彩的故事情节：

　　第一部《星际谜谍》讲述了一对年轻的中国探险者周勇与叶兰被光能兽抓到白矮星。为救出被抓的白矮星公主，他们被迫去Gliese 581c 行星、Kepler－22b 行星等探险。他们惊险巧妙地周旋于外星邪恶势力与正义势力间，穿梭于 N 斯博士的黑洞城堡与外星各国。

　　第二部《星际勇士》讲述了周勇与星辉公主等众多星际勇士，为了解救因保护 Kepler－22b 行星能量球而被黑洞怪兽军抓走的叶兰，被迫到了 PH1 行星、Gliese 163c 行星、0078 号黑洞飞船探险，追寻叶兰被分离的灵魂与身体。

　　面对 N 斯博士的黑洞怪兽军的邪恶势力，来自地球与外星球的众多星际勇士，发挥各自的飞船、战术、战斗力的优势，与黑洞怪兽军斗智斗勇。

　　第三部《双宇宙的阴谋》讲述了在 N 斯博士的未知阴谋下，来自地球与外星球的正义的星际勇士，被迫去火星、Kepler－62f 行星探险，最后还是难逃 N 斯博士的阴谋，被困未知的宇宙，重重突围……

　　请大家关注"星际谜谍系列"小说！

内容提要

　　中国探险者周勇与叶兰在非洲旅游时，偶然闯入了一个土著部落禁入的区域，打开了一扇时空之门，被一只光能兽抓至鬼星云的白矮星。此后，他们莫名其妙地卷入了一场未知的星际战争。更蹊跷的是，他们同时被外星邪恶势力与正义势力聘为星际间谍，被迫去黑洞、四维空间、红矮星、地心、Gliese 581c 行星、Kepler－22b 行星上探险，争夺和保护能量球。

　　他们惊险巧妙地周旋于外星邪恶势力与正义势力间，穿梭于 N 斯博士的黑洞城堡与外星各国，为了维护宇宙的和平挺身而出。可是，他们能否粉碎 N 斯博士的阴谋呢？

主要角色介绍

正面角色

叶兰：任性、孩子气，易冲动，会中国功夫。去白矮星后，被光能床改变了体内的基因密码，会各种光能战技，会驾驶白矮星光能飞行器。

周勇：沉稳、勇敢，考虑事情机敏周到，会中国功夫。去白矮星后，被光能床改变了体内的基因密码，会各种光能战技，会驾驶白矮星光能飞行器。

洪崖兽将军：白矮星光能将军，是光能兽。声音沙哑，作战英勇，会操控白矮星光能飞船作战，会传输能量等技能。

星辉公主：白矮星的公主，美丽、善良、机智。会掌控、变形光能飞艇。

白矮星国王：掌管光能量，会研制超能量的 M4、M5 能量球，正义。

黑龙兽国王：它的王宫在 Kepler－22b 行星漂浮岛上的石洞中。能召唤所在行星的巨型能量球，喜欢喝茶，爱好画画与雕塑，曾

去地球旅游，会驾驶飞船战斗。战斗力八级半强。

蓝龙兽国王： 王宫在 Kepler－22b 行星的海底，能召唤能量球，有超强的水下舰艇。战斗力八级强。

反面角色

N 斯博士： 黑洞中 N 斯城堡的堡主，擅长研制各种黑洞能量，每隔一段时间，它研制的新黑洞能量会成升级版。阴险、老练，欲统治整个宇宙。

（它是地球科学家研制的高智能机器人，拥有超强的智慧，后因智商太高，遭地球科学家的遗弃、销毁。逃离地球后，对地球产生怨恨，一心想利用超强太空能量磁场，把整个太阳系拖入黑洞中去，让地球人类成为它的奴隶。）

卡沙： N 斯博士手下的黑洞怪兽军的将军，狡猾，能变形成黑洞怪兽与黑洞机器人作战。

古达： 卡沙手下的黑洞怪兽将士，高智商黑洞怪兽军将士，阴险，狠毒，能变形成巨大的紫色怪兽蛇与黑洞机器人作战。

沙拉： 智力稍低，有些呆呆的感觉，但很容易生气，能变形成褐鳄兽与黑洞机器人作战。

（黑洞怪兽军的级别：将军——将士——怪兽兵）

C目录
ontents

第一章／误入时空之门

上午十一点，在上海机场。

打扮时尚的叶兰拉着行李箱正走入候机室，一边走一边与她的男友通电话。

叶兰："下午一点的飞机，嗯，好的，我会注意安全的。"

周勇（电话那头）："我会准时去接机的。"

叶兰："好的，到时候要辛苦你了。"

周勇："都什么时候了，还这么客气呀？哈哈！"

叶兰："周勇，对了，我想去拉斯维加斯旅游，你能和我一起去吗？"

周勇："当然可以呀，你想去哪里我就陪你去哪里。"

挂了周勇打来的电话之后，叶兰心里感觉温暖极了。

虽然这些年来，周勇一直都不在叶兰身边，但他还是像从

前一样，疼爱任性、固执的叶兰。

这时，候机室的广播响起了："旅客们，开往斯威士兰的飞机马上就要起飞了，请旅客们马上到检票口检票，准备登机。"叶兰走向安检口检票。

登机后，叶兰发现自己的座位旁边坐着一个黑人小伙子，她优雅地走过去坐下来。

黑人小伙子扭头望了她一眼，见她拿着两本时尚杂志在看，使用生硬的中国话向她打招呼。

黑人小伙子："你好，我叫伊里瓦·迈克马·奥拉，可以借你的杂志看一下吗？"

叶兰应声扭头望了他一眼，微笑着说道："伊里瓦，当然可以，给你！"

伊里瓦接过杂志后，便认真地看了起来。

过了好一会儿，叶兰仍在认真地看书，伊里瓦似乎把杂志翻完了，他扭过头来与叶兰聊天。

伊里瓦："嗨，你好！"

叶兰好奇地扭头望着他，问道："你好，有事吗？"

伊里瓦坦诚地笑了，露出一口整齐、洁白的牙齿："没事，只是想和你聊聊。"

叶兰放下手中的书与他聊起来："你是回家乡吧？"

伊里瓦："是的，我在中国留学，现在放假了，我回家乡去度假。"

叶兰："你的家乡在斯威士兰？"

伊里瓦坦诚地笑了，露出一口整齐洁白的牙齿说道："是的，我是祖鲁族人。"

叶兰欣喜又有些惊诧地回应："呵呵，很高兴认识你!"

伊里瓦："你是去斯威士兰旅游吧?"

叶兰："是的，我朋友在那边工作!"

伊里瓦听后热情地说："是吗? 那欢迎你去我们家乡做客!"

叶兰礼貌地答道："谢谢!"

他们正聊着，空姐送来了午餐。

用完餐后，伊里瓦便开始向叶兰介绍他们家乡的一些有趣的事情了。

伊里瓦："在我们的家乡，有一座神圣的山。那座山，只有我们祖鲁族的酋长与副酋长才能去，其他的人都不能去。"

叶兰好奇地问道："为什么呀?"

伊里瓦故作神秘地说道："因为那山上有圣石啊，所以不允许坏人进去偷圣石!"

叶兰一听好奇心更重了："圣石，什么样的圣石? 是真的还是假的?"

伊里瓦："其实我也没见过，是小时候听我们部落里的老人说的，他们说那块圣石是一位会飞的天神送给我们创世神的。这块石头上有两个掌印，听说只要把手掌放入那两个掌印中，那块圣石便会打开!"

叶兰好奇地问道："那你们打开了吗? 圣石里面有什么?"

伊里瓦失落地摇了摇头："没有，打不开呀!"

叶兰："为什么?"

伊里瓦："因为很多人都试过了，但是手印与石头上的那两

个掌印不同，所以没法打开圣石！"

叶兰一边说一边打手势："不能用别的工具打开吗？比如说用锤子或者铁棒之类的东西把它打开。"

伊里瓦听后有些恼怒，直摇头回答道："不！圣石是神圣的，除酋长与副酋长，其他的人碰都不能碰！"

叶兰恍然大悟："哦，是这样呀，那这圣石岂不是一直都不能打开了？"

伊里瓦："No，No，No，如果等到有缘的人，便一定能打开！"

叶兰："有缘人？那要什么时候才能出现啊？"

伊里瓦有点遗憾地摇头说道："不知道！"

几个小时后，在斯威士兰机场，周勇接到了叶兰，他们欣喜地拥抱在一起，看得一旁的伊里瓦怪不好意思的。

当周勇扭头望向伊里瓦时，伊里瓦拖着叶兰的行李箱，正望着他们。

伊里瓦礼貌地与周勇交换了名片："嗨，很高兴认识你，中国周先生！"

周勇看了看伊里瓦，扭头问叶兰："这位是？"

叶兰坦诚地笑了笑说："这是伊里瓦先生，我们是刚才在飞机上认识的新朋友，他就是当地人！"

周勇微笑着伸手与伊里瓦握手："谢谢你一路上照顾叶兰！"

伊里瓦扭头微笑着对叶兰说道："我得先走了，我在家乡等你们来玩，到时我可以做你们的导游！"

叶兰笑着说道："好的，谢谢，我们一定来！"

伊里瓦说完就转身走了。

周勇一把牵过叶兰的手："好了，我们可以去酒店休息了。"

叶兰："不如我们出去逛逛吧！"

周勇："你看你，还是那么孩子气，好像等不及了似的，飞了那么久，肯定累坏了吧?"

叶兰一脸无可奈何的表情答道："那好吧，听你的，先好好睡一觉，明天再去玩！"

在酒店的房间里，周勇坐在沙发上看电视，叶兰在盥洗间冲洗一路的尘土。

洗过澡后，叶兰感觉很疲惫，便躺在床上休息。

随后，周勇去洗澡了，叶兰随手从床头小柜上拿起一本书准备看看。

哪知，书中掉出一张金发女郎的照片。照片上的女孩，淡淡的妆容性感而优雅。叶兰随手翻过照片，看了一眼背面，只见上面写着 "My best love"。

看到这张照片，叶兰心底不由得涌起了一股莫名的怒火。

叶兰心想："怪不得他这些年都不回国看我，原来，他早就有了小情人。"

叶兰想起自己一个人苦苦地等待周勇这么多年，而他却在这边过着有滋有味的浪漫生活。想到这里，叶兰真想一下子飞回中国去，永远也不要再见到周勇了。

这时，周勇已洗完澡，他身着宽松的睡衣走出了盥洗间。

周勇微笑着说道："怎么还在看书呀，飞了那么久肯定累了，早点休息吧。"

叶兰板着面孔，一声不吭地盯着那本书。

周勇看了看那本书说道:"这本书是我在这里一家书店里买的,特意准备送给你看呢!"

叶兰嘟噜着嘴说:"恐怕不是送给我的吧?"

周勇:"不是送给你,还会送给谁呀?傻丫头!"

他一边说一边走过来,从后面轻轻地揽住了她的腰。

叶兰气愤地大声吼叫道:"走开!"

周勇不解地望着她:"你怎么啦?为什么一下子像变了个人!"

叶兰:"还问我,你自己看看吧!"

叶兰拿出了那张照片,递到周勇的面前。

周勇:"这个人我不认识啊,你一定是误会了吧?"

叶兰:"不认识还在照片上写着'My best love'!不认识还会把照片随身带在身边?"

周勇:"我真的不认识,你听我解释啊!"

叶兰:"事实摆在这里,还需要解释吗?难道还需要向我解释你们是怎么相识相爱的,然后再找一大堆理由说服我?!"

周勇:"叶兰,你真的误会了。这张照片,我都不知道是谁夹在这本书里面的。我去接你时,已订好了酒店的房间,所以这张照片真的与我不相干啊!"

叶兰醋劲大发,怒火中烧地说道:"我不要听你解释,你也不需要向我解释!"

周勇:"你冷静点,好好休息一下,明天等你醒来,我再向你解释!"

随即,周勇换下了睡衣,穿上了便装,对叶兰冷静地说道:

"我先回单位的宿舍休息了，你好好在这休息一晚，明天早上，我再过来接你去玩。"

叶兰看着他走出门的背影，心快要碎了。

周勇刚一走，叶兰便趴在床上，伤心地哭了起来。

叶兰："呜呜呜，骗子，大骗子！为什么明明不爱我，还要我等这么多年；明明有女朋友了还要骗我过来，说什么去旅游登记结婚；我一个人在国内那么辛苦地工作、生活，而他却在这里享受浪漫！"

叶兰也不知自己哭了多久，哭累了便慢慢地睡着了。在梦里，她梦见周勇与照片中的女郎在海边游泳、在沙滩上嬉戏打闹，而她却远远地看着这一切。

第二天清晨，一阵手机铃声把叶兰从睡梦中惊醒了。

叶兰以为是周勇打来的，拿起手机准备关机。哪知，一看号码却是陌生的国外号码。

叶兰："喂，你好，哪位？"

电话那边传来了生硬的中国话："你好啊，叶兰，是我呀，我是伊里瓦·迈克马·奥拉。告诉你，今天是我们家乡芦苇舞节的最后一天，你们可不能错过啦，快过来一起玩玩吧！"

叶兰："是吗？你来接我吧！"

伊里瓦："好的！"

上午九点，周勇准时赶去酒店，他准备接叶兰出去逛。

可是，当打开酒店的房间门时，他却意外地发现叶兰不见了，房间也没留下什么字条之类的信息。他赶忙跑去前台，问叶

兰有没有留言之类的。

前台的服务小姐说："今天一大早，叶兰小姐与一位黑人小伙子一起走了，她没有留言。"

周勇急得团团转，心想："黑人小伙子，难道是伊里瓦？糟了，叶兰肯定被他带去土著部落了！"

周勇想起了伊里瓦曾与他交换过名片，拿出来，打电话给伊里瓦。

叶兰此时已到了伊里瓦家乡的部落村庄，他们正要进入部落。而就在这时，伊里瓦的手机响了。

伊里瓦一看号码，对叶兰说道："我猜是你的周勇打来的，要不要接？"

叶兰使劲摇了摇头："不接，你就说我不在！"

伊里瓦拿起电话，用生硬的中国话对电话那边的周勇说道："叶兰不接，她说她不在！"

一旁的叶兰急得直咬舌，嘀咕道："这家伙怎么这么笨？"

伊里瓦："周勇问你在哪里？"

叶兰直朝他摆了摆手："你随便说吧，我不想和他说话！"

伊里瓦："哦，好的！"

伊里瓦说着，便往一旁走了几步，告诉了周勇他们所在村庄的地址。

周勇接完电话后，便往那边赶去，他担心叶兰在土著部落的安全。

伊里瓦走向叶兰，一脸调皮地笑着问道："叶兰，你们俩是不是吵架了？"

叶兰点了点头："是的！"

伊里瓦："走，跟我去部落广场看芦苇舞去！"

叶兰欢欣地答道："好的！"

在一个露天的部落广场上，有一些黑人少女呈"一"字形排队，正载歌载舞地跳着芦苇舞。

叶兰饶有兴趣地观望了一阵，而后问道："哇，怎么全是少女呀？"

伊里瓦："因为芦苇舞节也是我们国王的选妃节，所以参加芦苇舞节的就只能是少女了！"

叶兰恍然大悟："哦，怪不得！只有这些人能参加选妃大会吗？"

伊里瓦指着另一边大道上浩浩荡荡的选妃队伍说："不，你看，那边还有很多！"

叶兰朝着大道的方向望过去，长长的选妃队伍，人多得像蚂蚁一样，她惊诧地张大了嘴巴："啊，天哪，看起来有好几万啊，那得选多少个妃子？"

伊里瓦一本正经地说道："一个！我妹妹也在那边的选妃队伍中！"

叶兰："恭喜啊，要是你妹妹被选中，那你们一家可光荣了！"

伊里瓦："呵呵，很难被选中的！"

叶兰："对了，我想请你带我去看看那座有圣石的山，可以吗？"

伊里瓦："当然可以，但是你不能上山，只能远远地望

一下。"

叶兰点了点头："好的!"

伊里瓦带着叶兰往村子西边的那座有圣石的山走去。

叶兰是一名登山爱好者,国内的名山大川,她大部分都去过。她这人有一个大嗜好,就是不管到哪里,只要有奇山,她是非登不可的,不然就会寝食难安。

自从昨天听伊里瓦说起过那座圣石山后,她就很想登上去看看那块神秘的圣石。

他们往前走了一阵后,伊里瓦便指着前面不远处的一座小山说道:"前面那座山便是圣石山了!"

叶兰:"那我们能不能再走近点看看?"

伊里瓦:"嗯,当然可以,只是你可千万不要上山啊!"

叶兰:"好的!"

叶兰嘴上虽这么说,心却早就飞到圣石山上看圣石去了!

这时,另一名黑人小伙子跑来找伊里瓦了:"伊里瓦,你妈妈叫你回去!"

伊里瓦对叶兰说道:"叶兰,你先在这里看看,周勇待会来了,我就叫他来这边找你。"叶兰此时心里想的全是圣石,所以她不加思索地答道:"好的,你先回去吧!"

伊里瓦跟着那个黑人小伙子走了。

因为是选妃节,人们都去看选妃的热闹,这座山四周便没有什么人了。

叶兰望了望四周,见一个人也没有,在好奇心的驱使下,她开始往圣石山走去。

她一步一步上了台阶，而后便看到了一个山洞口。

叶兰走入了山洞，山洞中点着一盏若隐若现的油灯。

再往里走了一段，她看到了一块很大的晶莹剔透的石头。

叶兰："也许那就是传说中的圣石！"

她正准备走过去，身后传来了周勇的叫声："叶兰！"

叶兰扭身，朝他打了一个手势示意他别出声："嘘！"

周勇点了点头，蹑手蹑脚地走了过来。

叶兰小心地走到那块石头的周围，寻找那两个可以打开石头的掌印。

可是，叶兰还没找到，几个守圣石的人便闯了进来，凶恶地叫骂着，把他们给带走了。

叶兰与周勇被糊里糊涂地带到了一个广场上，因为他们触犯了圣石，按当地律法，是会被处以极刑的。

部落的酋长带领族人，押着他们去了圣石洞中祭拜，而祭拜仪式过后，他们将面临极刑。

叶兰和周勇恐惧地东张西望，他们在祭拜的人群中，寻找伊里瓦的身影，可是却没有看到他。

周勇："完了，我们这次死定了！"

叶兰："对不起，都怪我！"

周勇："怪你什么呀？现在都什么时候了，咱们也该说真话了！"

叶兰乘机问道："说实话，你到底爱不爱我？"

周勇："当然爱了，不爱的话，我怎么会愿意陪你到这里呀？"

叶兰："那张照片是谁的？"

周勇一脸无辜地说道："这都什么时候了，你还是不相信我呀，那张照片是酒店的宣传照片！"

叶兰后悔地说道："那你昨天怎么不告诉我啊！"

周勇："看你昨天那生气的样子，我哪敢同你说啊！"

这时，走来了两个身披兽皮的黑人把他们押到圣石前，还朝他们打着手势，示意他们朝圣石跪拜。

周勇和叶兰只好跪在地上，朝圣石拜了几拜。

而在他们就要被押着走出洞去时，那些参加祭拜的人群突然大声叫了起来："圣石，圣石，圣石！"

他们扭身一望，发现那块巨大的圣石一闪一闪，闪烁着亮光。

酋长摆手示意大家："安静！"

大家停止了叫喊声。

酋长大声喊道："刚才圣石亮了，大家看到了吧？"

众人："看到了，看到了！"

酋长："这么说，他们便是有缘人了，大家说是不是？"

众人："是的，是的！有缘人！有缘人！"

酋长高兴地说道："那我们就不能处罚他们了，我们请他们帮我们打开圣石，大家说好不好？"

众人："好，好，好！"

酋长礼貌地把叶兰和周勇请到了那块圣石旁，并示意叶兰与周勇把手掌按到石头上的那两个掌印上。

为了活命，不解其意的周勇与叶兰，也只好听从。

叶兰与周勇刚把各自的左掌与右掌按在那两个手印上，圣石便又开始一闪一闪地发出亮光！

众人："啊，圣石亮了！"

酋长："大家快跪下，圣石马上就要打开了，准备迎接我们创世神在天神界的朋友吧！"

那些黑人一齐跪下，磕头拜祭。

那块巨大的圣石果真像一扇大门一般从中间裂开了，一道闪亮的光从里面射出。

周勇与叶兰惊诧地发现从那里面腾跃而出了一只怪兽。只见那怪兽望了望他们，便用爪子一手牵起一个，从那裂开的圣石门口往里跃去。

周勇与叶兰只感觉到眼前是一片让人眩晕的光的世界。那只巨大的怪兽，仿佛抓着他们在超光速的时空隧道中快速地前进。

之后，他们再次感觉眼前一道耀眼的强光一闪便失去了知觉……

第二章/
神秘的白矮星使命

当周勇与叶兰醒来时，已身处一个陌生而奇异的地方。

只见四周有很多尖塔状的奇异高山，远处的天空中缭绕着绚丽的奇异星云。

叶兰一脸惊诧地："天哪，我们到哪里了？"

周勇："这里看起来很像外星球哦！"

叶兰："不会吧，难道我们是在做梦？"

周勇拍了拍自己的脑门说道："两人都做同样的梦，不太可能！"

叶兰："要不是做梦，我们怎么会来到外星球？"叶兰捏了捏自己的脸蛋接着说道，"哎，有点疼，看来不是在做梦！"

周勇："我们难道被困在未知的星球了？"

叶兰一脸诧异地说道："对了，我们在这里怎么不缺氧呀？"

周勇仔细地看了看四周，说道："你看，我们四周被一个气流球包围着。如果我没猜错的话，只要走出这个气流球，我们就会缺氧而死。"

叶兰挠了挠后脑勺，恍然大悟地说道："哦，我想起来了，那只怪兽从非洲的那个圣石山洞中把我们抓来了！"

周勇略带思考后说道："我们试着往前走两步，看看'气流圈'是不是也跟着我们前行？"

叶兰："嗯，好的。"

他们试着往前走了几步，发现那气流球果真跟随着他们往前移动了几步。

周勇欣喜地说道："看来这真的是保护我们的！"

这时，只见一道银光一闪，一堵高大的闪光石崖突然出现在了他们的眼前。

"啊！"他们正惊诧，却见从那堵闪光石崖上又闪过一道银光，那闪光石崖便倏地变形成了一只怪兽站立在他们面前。

叶兰有点害怕地直往后退："啊，它又来了！"

周勇却勇敢地质问："你是谁，为什么要把我们带到这个星球？"

怪兽朝他们张开双爪打了一个手势，接着说道："我是洪崖兽将军，是一种光能兽，你们是我穿越时空从地球找来的勇士，我们的王国需要你们的帮助，等你们完成任务后，我就送你们回地球。"

叶兰不解地问道："可是我们拿什么帮你呀？"

洪崖兽将军："你们所拥有的智慧就是我们所需要的！"

周勇："那你们需要我们做什么？"

洪崖兽将军："很抱歉，现在暂时不能告诉你们，到时你们自然就会知道了。"

说着，洪崖兽将军便张开嘴，对着他们周围的那个气流球喷吐出银白色的气雾，气流球快速地转动着，像能量运转似的。

之后，洪崖兽将军又对他们说："你们先在这里休息一晚，明天我再来找你们！"

话音刚落，周勇与叶兰的面前便出现了两张奇异的能量床。他们谨慎地各自爬上了一张能量床躺下休息。

他们刚躺下，洪崖兽将军便消失了。

他们在能量床上没躺多久就进入了梦乡。

朦胧中，周勇与叶兰感觉自己似乎被一股神奇的能量牵引着，往一座金光闪闪的外星宫殿走去。

而在前面的不远处，给他们引路的正是洪崖兽将军。

只见那宫殿的大厅两边，伫立着很多巨大的光能兽，宫殿的正前方，坐着一只身披金色光能外袍，头戴金色光能皇冠的光能兽王。

洪崖兽将军朝兽王弯腰作揖后说道："尊敬的白矮星国王，这是我们找来的地球智慧勇士！"

白矮星国王："你能保证他们不会背叛我们？"

洪崖兽将军转身对周勇与叶兰说道："你们向王起誓，会用自己的生命保证不会背叛我们的王！"

周勇与叶兰一齐举起左手宣誓："我们用生命保证不会背叛白矮星国王！"

白矮星国王扭头吩咐洪崖兽将军："很好，你要先教会他们战技！"

洪崖兽将军回应道："是，尊敬的王！"

接着，周勇与叶兰感觉自己跟着洪崖兽将军开始了战技训练，他们学习了决战、变形、变飞行器等白矮星的太空战术，还学会了特殊的沟通方法——心语。

很快，战技训练完成后，洪崖兽将军又带领他们来到了白矮星国王面前参拜。

洪崖兽将军："尊敬的王，我已教他们学会了我们所有的战技！"

白矮星国王："很好，为他们准备好'隐形能量盔甲'，明天行动！"

叶兰与周勇心里一惊便从梦中醒了过来，却发现自己还躺在能量床上。

周勇在心里嘀咕道："看来它们能调动我们的灵魂在梦境中工作。"

这时，银光一闪，洪崖兽将军出现了在他们的眼前，仍用沙哑的声音对他们说道："嗨，天亮了，我们该出发了！"

叶兰："可是，我还没睡呢！"

洪崖兽将军："不，你们已睡了一整晚！"

周勇惊诧地说道："啊!"

这时，从上空传来了"隆隆"的声响，一艘银色的飞碟出现了。

很快，飞碟降落，放下了一扇悬梯门，洪崖兽将军带头走入飞碟，叶兰与周勇也跟着进入。

他们发现飞碟内的空间很大，各种光能仪器在闪烁着。

洪崖兽将军领着他们进入了里面一间休息室，飞碟很快腾空而起。

他们前面有一面光能屏幕，竟然可以浏览到飞碟外的一切景色。

叶兰有些担心地说道："糟了，它们会不会是送我们去喂怪兽呀?"

周勇："不知道，但看它刚才很友善，应该不会让我们去送死吧!"

叶兰还是有些担心地说道："可我还是有些害怕。"

周勇在一旁安慰道："别怕，有我呢，如果真是把我们送去喂怪兽，我会让怪兽先吃了我，给你一个逃跑的机会!"

叶兰用手捂住了他的嘴巴，说道："乌鸦嘴，不许你胡说!"

周勇笑了："你舍不得我死呀? 是不是不生我的气了?"

哪知，叶兰却语气平淡地说道："少臭美了，我只是怕少了一个同伴而已。"

这时，洪崖兽将军沙哑的声音在他们耳旁响起："到达目的地，准备下飞碟。"

他们还没反应过来便感觉自己的座椅突然往下沉，接着他们的身体被一个能量气流球包围着，往下方的一个乌黑的、快速运转着的黑洞中掉落而去。

他们吓得惊呼："啊！"他们感觉身体直往下坠，四周像有一股巨大的引力，仿佛快要把他们的身体给撕碎了似的。

还好，他们四周有一个能量气流球保护着他们。

他们的身体被超强的引力吸得往下快速掉落了好一阵之后，便飘落在黑洞深处的一个小星岛上了。

叶兰惊诧地说道："啊，这又是哪里呀？"

周勇望了望四周，发现四周的上空全是黑洞的漩涡流："我想这里是黑洞中的一个星岛了，如果遇上外星怪兽，咱俩就完蛋了！"

这时，他们的耳旁传来了洪崖兽将军沙哑的声音："你们不用担心，保护你们身体的那个能量球已变成隐形的了，它会保护你们的安全。"

洪崖兽将军接着说道："你们在能量床上休息过后，身体便吸收了超能量，不管遇到什么险境，你们只要机智勇敢，便足以应付。记住，要机智勇敢！"

"那如果遇到大型的怪兽，我们该怎么应对呀？"周勇用心语问道。

"到时我会教你们应对的，放心吧，我们会保护好你们的！"洪崖兽将军沙哑而又熟悉的声音，在他们的耳旁响起。

叶兰也用心语问道："那为什么你自己不来？"

洪崖兽将军马上回应道："我为什么不来？以后你们自然就会知道了。"

叶兰指着前面的一座高耸的山顶说道："你快看，那上面好像有房子！"

周勇："噢，是的，我们上去看看！"

他们往前面不远处的那座高耸的银灰色、尖塔状的山顶上面爬去。让他们感到惊诧的是，这里山上的树上长满了锯齿状的树叶，地面却是光秃秃的，呈银灰色。

更奇怪的是，他们轻轻一跳，包围着他们身体的隐形能量球便托着他们飞得很高，他们可以轻松自如地跳跃着往山顶上爬去。

很快，他们便到了半山腰。

叶兰："奇怪了，我们爬了这么久，怎么连一个外星人都没看到？"

周勇一副若有所思的样子，嘀咕道："令我诧异的是，洪崖兽将军为什么不把任务直接告诉我们？"

叶兰："这倒不奇怪，我看白矮星上居住的是一群高智能的外星人，它们足以控制我们的意念，所以根本就不用先告诉我们原因。"

周勇："估计它们是担心我们会背叛吧，怕提前告诉我们任务对它们不利。"

叶兰与周勇继续跳跃着爬上了一面陡峭的悬崖，却发现上面还有一道斜坡，他们加紧往上爬去，终于爬上了山顶。

周勇指着前面的奇异外星房子说道："快看，那是什么?"

叶兰惊叹道："哇，是银色的尖塔状的外星城堡吗?"而后又继续说道："不对，里面可能是外星怪兽军的驻地!"

周勇："那你赶紧躲在我身后，我来保护你!"

叶兰却满不在乎地说道："这里可不是地球，你先保护好你自己吧!"

他们正嘀咕着，却不料身前倏地出现了几个身材高大、身着银灰色紧身太空服的外星人，只见它们的头上伸展着两只尖长的耳朵，头上戴着很大的头盔。

"叽叽! 哇哇!"那些外星人一边打手势，一边朝他们怪叫着，仿佛是在问他们从哪里来。

周勇答道："我们来自太阳系的地球，我们的飞船被黑洞漩涡卷走了，依靠救生飞艇降落到了你们的星岛。"

叶兰也在一旁一脸焦急地说道："我们现在需要你们的帮助，可以吗?"

那些外星人包围过来，低头看了看他们便点了点头，示意他们跟随去城堡里面。

叶兰与周勇半信半疑地走进城堡。

城堡内晶光闪亮，十分刺眼。

这时，一个奇怪的却格外洪亮悦耳的声音，自他们的头顶上方传来："欢迎来到黑洞星岛的 N 斯城堡!"

他们循声抬头一望，发现前方的一个高高的闪光塔上，站立着一个身披金色战袍，身着银色太空战衣，头戴圆锥形金色头盔

的外星人。

只见那家伙朝他们招手打了一个招呼："嗨，你们好！"

周勇："咦，奇怪了，它怎么懂我们的语言？"

叶兰："难道它也是地球人？"

周勇："即便是地球人，也不一定会讲中国话啊！"

这时，只听见那外星人的声音，又从他们的头顶上传来："你们好，我叫卡沙，是地球机器人科学家 N 斯博士派来接待你们的，我会讲地球上任何一种语言，你们是中国人吧？"

叶兰与周勇听后略显吃惊。

周勇："是的，我们是中国人！"

卡沙："很好，欢迎你们！"

与周勇、叶兰打招呼后，卡沙走入了 N 斯博士的监控室。

卡沙用黑洞语言小声地汇报："N 斯博士，刚才检测系统的结果出来了，他们有间谍嫌疑，但还没有搜到确切的证据，怎么处置他们？"

N 斯博士也用黑洞语言在卡沙的耳边嘀咕了一阵。

而后，卡沙从上空飞身而下，来到了周勇与叶兰的跟前。

卡沙望着周勇与叶兰，眼里闪过一道紫光，朝他们招了招手，用生硬的中国话说道："你们好，请跟我来！"

奇怪的是，卡沙带他们走进了一道晶光闪闪的太空门内。

只见眼前一道绿光一闪，他们惊诧地发现眼前竟是一片高大、碧绿的丛林。

他们正诧异，卡沙在一旁说道："N 斯博士听说你们来自地球，所以特意让你们在这座虚拟的'地球森林'中休养！"

周勇客套地说道："谢谢 N 斯博士的关照！"

话音刚落，卡沙却"唰"地消失了。

叶兰："咦，怎么一下就不见了，我们还不知住哪呢？"

周勇压低声音责备叶兰道："你可真够天真的，你以为他们真的是让我们休养呀，这一定是个陷阱！"

"啊！"叶兰惊诧地张大了嘴，而后低声说道，"那你的意思是，我们已被它们监控了？"

周勇："恐怕没那么简单，也许，比我们想象的更危险！"

叶兰张嘴差点叫出声来："啊！"

周勇拉了拉她的衣服，提醒道："镇静，镇静！"

第三章
／幻境怪兽森林

叶兰与周勇一边说一边朝前面的森林里走去，发现丛林中树木茂盛，弥漫着淡淡的薄雾，阴森森的。

他们往里走了没多远，便来到了一栋银白色房子跟前。

叶兰："这里阴森森的，会不会有怪兽呀？"

这时，他们的耳边突然传来了一个尖锐奇怪的招呼声："欢迎你们来到森林疗养别墅！"他们扭头一望，看见一只鹦鹉站在阳台的栏杆上，朝他们扑腾着翅膀，打着招呼。

叶兰："该死的鸟，吓我一大跳！"

周勇："奇怪了，这里怎么会有别墅？"

他们走了进去，发现里面的卧室、客厅、厨房、卫生间一应俱全。

叶兰:"太好了,我感觉又回到地球了!"

周勇在她眼前晃动了一下双手,说道:"疯丫头,保持清醒,也许这里的一切都是外星幻境。"

说着,周勇带她去打开了别墅的后门。

他们果真清楚地看到,后门外是一片黑洞世界!

"啊!"叶兰惊魂未定,"看来,你的想法是对的,这里真是幻境,我们得处处小心!"

周勇:"现在我们去那边茂密的丛林中看一下吧"

而此时,在 N 斯城堡的监控视室内,N 斯博士正在屏幕前监视着他们的一举一动。

卡沙在一旁说道:"博士,他们朝丛林中走去了,要不要提醒他们?"

N 斯博士摆手阻止:"不用了!"

叶兰与周勇走到一棵参天大树旁。叶兰惊喜地指着树说:"快看,那树上的花怎么像灯笼似的?"

叶兰正准备走过去触摸,周勇在后面拉住她说道:"别碰,有危险!"但为时已晚,那朵花倏地一闪,变成了一个青蛙头、鳄鱼身子的巨兽,凶相毕露,张嘴大叫着朝他们扑来!

"啊!"他们往旁边一跳,躲开了那怪兽的扑击。

这时,一股无形的力量使他们突然变身成了身材高大的地球太空战士。

只见他们各握一把银光闪闪的激光剑,一左一右地夹攻那只

巨大的怪兽。

那怪兽摇头晃脑地左躲右闪着，周勇飞身跃到怪兽的上空，一剑刺向怪兽的眼睛，哪知怪兽倏地扭身，挥动着尖长而坚硬的尾巴，向他扫击。

另一旁的叶兰飞身上前，挥剑刺向怪兽的腰身，"唰"地一下便一剑刺入了怪兽的身体。

只听见"呜哇"一声惨叫，那怪兽便消失了！

周勇与叶兰飞身而下，变回原身，满头是汗地站在那里。

叶兰："刚才好险，奇怪了，我们怎么能够战胜它们？难道……"

周勇："别说了！"

"看来，这里真不简单！"他们不由得在心底想道。

叶兰："都怪你，要不我们就不会来到这个鬼地方了！"

周勇："你还说呢，要不是因为你，我也不会去那个土著部落了！"

叶兰："哼，不理你了，我回去了！"

叶兰说着便一个人扭头先回别墅。

叶兰急着要跑回别墅是因为她知道，他们没有力气再去应付另一只巨大的怪兽了，她只能先跑回来，她相信周勇也一定会跟着跑回来的。

可是，当她走到别墅的客厅门外时，却听到里面有人在说话。

"奇怪了，难道这里还住着别人?"她好奇地推门走了进去，却发现客厅里面没有人。她又蹑手蹑脚地往卧室门边走去，倚在门边听了听，发现里面有声音。

"不会吧……难道是周勇？不，不可能！"叶兰一脸惊诧地急忙推开了门。

眼前所见的一幕，令她大感意外——只见周勇的头上，罩着一块方巾，腰间围着一条浴巾，正追赶着一个陌生女子。

而后，气恼的叶兰转身跑出了房间，钻入了另一间卧室，"砰"地关上了房门。她趴在床上，呜呜地哭了起来："下次再给我撞见，我非打扁你不可！"

此时，叶兰心里直冒火，她真想再闯进去，把周勇从房间里拽出来！

可是，她突然记起，之前周勇同她说过的："不要相信在这里看到的一切，这里的一切都是幻境！"

叶兰："难道我刚才看到的是幻境？如果是这样，那这里的一切都是 N 斯博士用来试探我们的幻境？"

"可是，如果真是这样，那真正的周勇又去了哪里呢?"叶兰心里一片茫然，竟迷迷糊糊地睡着了。

而此时，周勇却在那片迷幻森林中一边跑一边呼喊着："叶兰，你在哪里？你快出来呀！"

原来，刚才叶兰赌气跑掉后，周勇便追了过来。她往前面左边的一片丛林中跑去，一下子就不见了踪影。

他在那片丛林中找了很久，都找不着叶兰，他跑得气喘吁吁的，急得快要哭了。

"难道她已跑回别墅了？不对，我明明看到她是往这边跑来的，怎么就不见了呢？"周勇站在那里，满头是汗，猜测着叶兰可能去的方向。

"要不我再往前面去找找看……"说着，他又往前跑了一阵，还是没见叶兰的身影。

周勇急得往前爬过一座小山坡，看到了下面有一条碧绿的河流。

眼前更令他惊诧的是，他竟然发现叶兰在一条小溪里与一个陌生男子在打闹着。

周勇以为自己看花了眼，揉了揉眼睛，可一看，还是刚才一样的景象。

"疯丫头，几年不见，怎么变成这样了！"周勇一边跑一边嘀咕着气愤地说道，"真是岂有此理！"说完，他一拳打在一旁的树干上。

哪知，这时树上突然伸展出了一个乌黑巨大的蛇头，在他的眼前吐着暗红色的信子。

"啊，怪兽蛇！"他吓得惊呼一声，赶紧扭身往别墅的方向跑去。

周勇气喘吁吁地跑进了别墅："唉，刚才好险！"

他刚进客厅，就听到卧室里有打鼾的声音，他推开了卧室的房门，却发现叶兰竟然躺在床上酣睡呢。

"天哪，她又怎么会在这里？刚才不是在河边？"一想到他刚才看到的那一幕，他就气不打一处来。

　　于是，他走过去伸手把叶兰从床上拉拽了起来，大声地质问道："喂，你怎么会在这里？"

　　叶兰看到他在质问自己，气恼地推开他，骂道："周勇，你干吗来我房间，你不是有人陪吗！"

　　周勇："什么，刚才明明是你有人陪吧！"

　　叶兰随手抓起床上的枕头，扔向了周勇："你胡说，我刚才一直在这里，哪也没去！"

　　"那就奇怪了，我还纳闷你怎么那么快就跑回来了？"周勇像是突然想起了什么似的，说道，"等等，难道我们刚才所看到的全是幻境？！"

　　叶兰："怎么可能是幻境，我明明看见了！"

　　周勇："你真糊涂，这里除了我们两个是地球人，哪里还有别的地球人？这里不是地球啊！"

　　"哦！"叶兰突然醒悟了过来，"嗯，你说得对，我们都被幻境迷惑了！"

　　周勇："那我们和好吧，别再闹了！"

　　叶兰耸了耸鼻子，不屑一顾："怎么和好呀？我还在生你刚才的气呢！"

　　周勇："可那不是我！"

　　叶兰："哼，说不定呢！"

　　周勇往另一间卧室走去："好男不跟女斗，我睡觉去了，今天瞎忙了一天，可把我累死了！"

　　突然，他又转身朝叶兰做了个鬼脸，打招呼道："如果有怪

兽进来，记得叫我啊!"

叶兰:"去你的，怪兽都比你可爱!"

周勇与叶兰各自躺在床上，想着自己的心事。

周勇把手枕在头下想着:"唉，好不容易与她一起外出旅游一次，没想到又成了外星怪兽的俘房。唉，不知什么时候才能回到地球? 如果有一天能回去，我一定好好爱她。"

叶兰却在心里想道:"刚才看到的难道真的是曾经的他……唉，别胡思乱想了，那只是幻境而已，好好睡上一觉，我们明天还要继续努力，去战胜这幻境呢。"

在 N 斯博士的房间里，N 斯博士叫来了助手卡沙，在它的耳边问道:"情况如何?"

卡沙:"报告 N 斯博士，我们的监控系统还没发现他们的间谍嫌疑。"

N 斯博士听后说道:"好吧，我们再观望观望!"

第四章

N 斯博士的阴谋

此时，周勇与叶兰已躺在床上睡着了。

朦胧中，他们感觉自己又回到了白矮星，洪崖兽将军来到他们的面前，对他们说道："你们已经过了 N 斯博士的第一关了，他将会对你们放松警惕，你们乘机去打探一下，在这座幻境森林中有没有关押犯人的狱洞？"

"狱洞!?"他们惊诧得额头直冒冷汗，从梦中惊醒了。

自从他们被洪崖兽将军穿越时空抓去 M44 鬼星团的未知白矮星后，对他们来说，感觉睡觉也是一件很恐慌的事，因为每次睡着后，洪崖兽将军都会给他们分配任务。

周勇起床去看叶兰，见叶兰正坐在床上，一副若有所思的样子。

叶兰："看来我们得去找那狱洞了。"

周勇："也好，但愿早点找到，早点离开这鬼地方！"

叶兰叹气道："唉，不知什么时候才能回到地球呀？"

周勇："如果我们还能回到地球，你最想做什么？"

叶兰："我最想去吃家乡的臭豆腐！"

周勇："就这点小事呀，就没别的事了？"

叶兰瞪了周勇一眼，没好气地说道："别的，就是希望你能离我远点咯，天天与你待在一起，不闷死也烦死了！"

周勇："你这疯丫头，还是没一句正经话，好了，我们该去做正事了！"

他们刚走出别墅门，N 斯博士的助手卡沙走了过来。

卡沙："N 斯博士让我邀请你们加入我们的工作队，有任务分配给你们，愿意吗？"

叶兰与周勇正巴不得能有这样的机会呢！

叶兰："N 斯博士能分配任务给我们，是我们的荣幸！"

周勇："是的，感谢 N 斯博士对我们的信任，我们非常愿意效劳！"

卡沙朝他们挥了挥手："那你们现在跟我走吧！"

卡沙说着，便领着他们往丛林深处走去。

一路上，只要他们一碰丛林中的树枝，树枝便会变成怪兽或怪兽蛇的模样，朝他们张牙舞爪地比画着，而卡沙扬起手里的闪光棒，那些怪兽与怪兽蛇便把头缩了回去。

叶兰与周勇跟在卡沙后面，惊诧得直吐舌头。

　　周勇试探着问道："卡沙先生，这些怪兽怎么会怕你手中的闪光棒呀？"

　　卡沙头也没回地说道："这些怪兽都是 N 斯博士从 M44 星云中各星球上的怪兽身上提取基因，并通过做实验培育出来的。而我手中的闪光棒是 N 斯博士在制作时输入了这些怪兽赖以生存的基因密码，所以我能用它来控制这些怪兽！"

　　周勇："哦，原来是这样呀！"

　　说着，卡沙带领着他们来到一棵参天大树跟前。周勇与叶兰还没弄清楚情况，卡沙已经用手中的闪光棒朝大树一指，树上便"咔嚓"一声，打开了一扇门来。

　　他们从那扇门走了进去，里面是一条平缓向下延伸而去的通道，卡沙走在前面带路。

　　那条通道先左拐再右拐，他们便来到了一扇紧闭的电子门前。卡沙走向前去，用手指"滴滴滴……"地按下一串号码，电子门"唰"地一下打开了。一旁的叶兰眼疾心快，把那串号码记在心里。

　　电子门打开后，里面是一条幽深的洞道，竟然看不到路面，只有一排悬浮的白色轨道，卡沙若无其事地走了上去。

　　叶兰虽有恐高症，但她知道，这里不是地球的深渊，而且，他们都被洪崖兽将军传授了战技，所以不用害怕。

　　周勇走在她的后面，一声不吭地拉住叶兰的衣服后角，生怕叶兰突然掉了下去。

　　好不容易走完了那段洞道的悬浮轨，前面又是一扇电子门，

卡沙又用手指在电子门上按下了一串数字……

叶兰又赶紧记住了那串开门的密码。

这时,电子门"唰"地打开,发现里面竟是一个空旷的大洞穴。

卡沙:"这里是黑洞监狱,所有外星犯人都被关押在这里。"

周勇:"啊,那你干吗带我们来这里?"

叶兰:"我们可没犯错误哦!"

卡沙:"你们误会了,N斯博士先让你们加入监狱巡逻队,以后还有机会加入'N斯特战队'!"

叶兰:"啊?"

周勇:"什么,还有以后?"

叶兰试探着问道:"卡沙,N斯博士有没有考虑过送我们回地球?"

卡沙:"好像说过,说等他侵占地球时,就会带上你们去!"

"侵占地球?"周勇与叶兰听得直冒冷汗。

"是的,侵占地球!N斯博士还想做宇宙盟主呢!"卡沙扭身面向他们肯定地说道。

但为了蒙混过关,也为了自己的安全,叶兰与周勇只好假装赞同。

卡沙:"你们同意了?太好了!"

叶兰:"怎么,很意外吗?"

卡沙:"是的,N斯博士说地球人是很顽固的,还说你们不一定会同意!"

周勇："那你现在带我们去哪里？"

卡沙："我带你们去了解一下监狱里关的那些外星人，从今天开始，你们就是监狱的临时巡逻队员了。"

卡沙说着便带着他们往前面的一条闪光洞巷走去。

叶兰与周勇惊诧地发现，前面的监狱的每个门口都有一道闪光的栅栏门，里面关押着的是一些外形稀奇古怪的外星人。

周勇与叶兰继续往前走了一段，突然看到一扇闪烁着五色光的栅栏门。

周勇指着那间狱门，好奇地问道："卡沙，那里面关押着什么重要犯人？"

卡沙："那里面关着的是一个女孩，但她可不是一般的犯人，N斯博士再三交代，对她一定要严加看管！"

叶兰怕引起卡沙的怀疑，转移了话题："请放心吧，我们一定会严加看管的，这里还有什么重要的犯人吗？"

卡沙："这里的每个犯人都很重要，你们一定要小心，要是逃走了，你们就完蛋了！"

周勇与叶兰一个劲地点头答道："是，遵命！我们一定严加看守！"

从监狱回来后，叶兰与周勇感觉特别累，便倒在床上睡着了。

梦里，他们又见到了白矮星的洪崖兽将军向他们走来。它似乎很高兴地伸开双臂要拥抱他们。

洪崖兽将军高兴地用沙哑的声音说道："你们实在太棒了！"

叶兰不解地问道："对了，你上次让我们帮你找犯人，我们今天去监狱了!"

周勇："但是你没有告诉我们，你们要找的犯人是谁?"

洪崖兽将军："我们要找的犯人，你们已经帮我找到了，那个被关在五色光门内的女孩就是 N 斯监狱的重要犯人!"

周勇与叶兰一齐说道："啊，原来是她呀!"

洪崖兽将军："是的，就是她，她是星辉公主!"

周勇："要救出她太难了，N 斯博士正对她严加看守!"

洪崖兽将军："你们的下一个任务，就是去打探清楚它们关押星辉公主是什么目的。"

周勇："好的，我们一定尽力去办!"

叶兰："为什么我们不能直接救她呢?"

洪崖兽将军："因为看守森严，只有先打探到原因，才能想出救她的办法。"

周勇："嗯，这倒也是!"

洪崖兽将军给了他们一人一把闪光剑，并吩咐道："这是给你们的防身之物，记住，不到关键时刻，千万不要拿出来!"

叶兰与周勇点了点头说道"嗯，好的! 我们记住了。"

洪崖兽将军："你们现在可以回去了!"

叶兰与周勇便从梦中醒了过来，刚才的梦境记忆犹新。

他们从床上爬起来，正准备出门去监狱上班，卡沙已在门口等候了。

周勇："卡沙先生，您找我们有事吗?"

卡沙："N斯博士给你们下达新任务，让你们去白矮星岛夺取一颗M4能量球。"

周勇："能否告诉我们这颗能量球的用处？这样，我们也许会找得更快些！"

卡沙："这颗能量球与监狱中的一位重要犯人体内的能量球相结合便能产生巨大的能量。而这股能量能助N斯博士最新研制的'黑洞飞船'到达银河系。到那时，整个银河系对N斯博士来说，便唾手可得了！"

周勇："啊？"

叶兰："大概什么时候会攻击银河系？"

卡沙："其他的准备都做好了，就等你们夺回M4能量球了！"

周勇又好奇地问道："我们什么时候动身？"

卡沙："现在就动身，越快越好！"

叶兰："除了我们两个，还有谁？"

卡沙："N斯博士说，为了不打草惊蛇，就你俩去便可。"

卡沙朝空中招了招手，说道："飞船已到，准备出发！"

叶兰与周勇抬头一看，发现他们的头顶上，有一艘银灰色飞船正快速地飞来。

卡沙："这是一艘星际遥感控制飞船，它会载着你们到达白矮星的上空，而后自动返航。"

周勇："那如果我们遇到危险怎么办？"

卡沙递给了他们一人一个很小的钮扣式遥感器，说道："你们一遇到危险，只要一按这个按钮，我们便会即刻赶来营救

你们！"

这时，一只很可爱的宠物兽走到了他们的面前，朝周勇与叶兰打招呼："嗨，你们好，我叫星仔！"

周勇与叶兰也分别伸手同它打招呼。

"嗨，星仔你好，我叫周勇！"

"很高兴认识你，星仔，我是叶兰！"

周勇与叶兰不解地问卡沙："为什么要我们带上它？"

卡沙："它是白矮星星辉公主的智能机器宠物兽，我们将它与星辉公主一起捕获来了，但它的内部程序被 N 斯博士改造过，所以它现在是我们的宠物兽，一路上它会给你们带路的！"

第五章/
/双重使命

叶兰："那太好了，谢谢 N 斯博士！"

周勇："我们出发了！"

说着，周勇抱起可爱的宠物兽星仔，与叶兰一起登上那银灰色的黑洞飞船。飞船腾空而起，在黑洞漩涡中扶摇直上。

飞出黑洞漩涡之后，飞船便调转了方向，往 M44 鬼星团的白矮星的方向飞去。

"快看，下面就是白矮星王国了！"宠物兽星仔从周勇的腿上站了起来，指着窗外说道。

说着，大家便准备好了奇异的降落伞，准备从空中降落。

一切顺利，他们很快降落在一个空旷的小山坡上。

飞船倏地飞走了，很快便消失了。

叶兰扭头问道："星仔，我们现在准备去哪里？"

哪知星仔却扭头朝他们打了一个手势："嘘，别出声，这里的风景很美哦！"

周勇不解地问道："不会吧，四周光秃秃的，美什么呀？"

叶兰："你不懂，星仔一定是离开家乡很久了，所以特别想家吧。"

星仔："还是叶兰姐姐最了解我！"

周勇："不会吧，难道 N 斯博士没有成功更改你脑海中的程序？"

星仔："不知道，我只记得被推进了手术室，它们给我注射了一种奇怪的药水后，我就昏睡过去了。等我醒来后，发现自己被关进了宠物兽监狱并进行各种特训。可是，那时我才发现星辉公主不见了！"

叶兰："星辉公主，她美丽吗？"

星仔眼里含着晶莹的泪光，小声地嘀咕道："公主很美也很善良！"

周勇："那这么长时间了，你怎么不想办法救公主呢？"

星仔："如果单独去救公主，不但救不出，它们反而会发现我的企图，我就没法回国想办法救公主了！"

叶兰略带担忧地说道："星仔，如果你现在回去，国王还会接见你吗？"

星仔满怀信心地说道："白矮星国王是一位正直而又宽厚的王，它会接见我的。"

叶兰："从这里去你们的皇宫怎么走呀？"

星仔："我知道这附近有一条直通皇宫的地洞，我带你们去!"

说着,星仔蹦蹦跳跳地朝前走,周勇与叶兰也跟了上去。

当走到一面石墙前时,星仔突然停住了脚步,在原地转了一圈,之后便直朝那堵墙撞去!

周勇与叶兰正惊诧,却见星仔还未撞上石墙,墙面上便忽然闪现出了一个大洞来。

星仔回过头来,笑眯眯地对他们说道:"两位请吧!"

周勇恍然大悟地说道:"原来你刚才是在找地洞的入口呀!"

星仔跳入周勇的怀中,周勇抱着星仔与叶兰一起往洞穴中走去。

那是一条高而空旷的洞道,他们沿着洞道一直往前走了很长的一段,而后拐了一个弯,来到了银色的电子门前。

星仔把手伸过去,在电子门上印下了一个爪印,门上"唰"地闪过一道银光,电子门打开了。

星仔欣喜而激动地说道:"前面就是皇宫了!"

叶兰:"星仔,你一定很开心吧?"

星仔眼里闪动着激动的泪光:"是的,太开心了,我没想到自己还能回来!"

他们往前走了没多远,又来到一扇金色的电子门前。

星仔把手爪印在电子门上,并输入了一串数字密码,门便打开了,呈现在他们眼前的是国王的寝宫。

他们正要进入,洪崖兽将军从一旁走了出来,对他们说道:"快进去,国王已经等你们很久了。"

他们走进国王寝宫,洪崖兽将军则在门外把守。

过了好一阵，周勇、叶兰与星仔才带着国王交给他们的秘密任务从里面走出来。

接着，他们便走出了洞道，乘坐 N 斯博士派来接他们的黑洞飞船返回了黑洞星岛。

他们刚下飞船，卡沙便让士兵带走了星仔，之后把周勇与叶兰领去见 N 斯博士。

N 斯博士急切地问周勇与叶兰："怎么样，打听到 M4 能量球的下落了吗？"

周勇："我们这次在那边找了很久，总算打听到了。"

N 斯博士："它在哪里？你们怎么没有把它夺回来？"

叶兰在一旁接着说道："那颗能量球被存放在一间金刚石密室中，密码是星辉公主的左掌的光能'脉搏'。"

N 斯博士："啊，这老国王也真够阴险的！"

周勇："那我们现在怎么办？"

N 斯博士想了想，朝他们招手说道："你们过来，我教你们怎么办。"

叶兰与周勇一左一右走了过去。

N 斯博士小声地在他们的耳旁嘀咕了一阵后，叶兰与周勇点了点头走出房间，回到了他们的幻境森林别墅。

就在他们打开别墅的大门时，发现了一位美丽的外星少女，身着粉红色的轻纱裙，一脸惊恐地站在他们面前。

周勇："啊，你是？"

外星少女："我是星辉公主，刚从监狱里逃出来的。"

叶兰："那你来这里有什么事？"

星辉公主："我父王叫你们解救我回国，难道你们忘记了吗?"

周勇："不会吧!"

叶兰："没有 N 斯博士的允许，我们谁也不敢带你走!"

"哈哈哈!"随着一阵熟悉的笑声在他们的耳旁响起，他们惊奇地发现，眼前的星辉公主竟然变成了卡沙。

周勇："原来是你!"

卡沙笑着说道："是 N 斯博士吩咐我来试探你们的，他说，你们地球人心太软又善变，怕你们不能胜任这次重要任务。"

叶兰："我们辛苦一天了，也该让我们休息一下了吧?"

卡沙："行，那我先走了，你们醒来后便去监狱报到!"

叶兰与周勇疲惫不堪地走进了各自的卧室，他们躺在床上没多久便睡着了。

可奇怪的是，这次在睡梦中，洪崖兽将军没有召见他们。他们很快沉睡过去。

叶兰与周勇梦见自己回到了地球，开心地骑着摩托车，一起去郊外旅游……

在半路，天空中突然出现了很多奇怪的云，公路两旁的树林越来越茂盛。

忽然，一阵大风把他们卷走了。

"啊!""糟糕!"他们吓得惊呼一声，从梦中惊醒了。

周勇："到这里后就没睡过一个安稳觉!"

叶兰直擦着额角的汗水："又做噩梦了，唉，不知什么时候才能回到地球?"

而这时，在 N 斯博士的研究室内。

N斯博士坐在电脑前，看着屏幕上显示的周勇与叶兰刚才梦境中的画面……

卡沙在一旁说道："恭喜博士，您终于能控制他们的梦境了！"

N斯博士："那当然，只有唤起他们想家的愿望，他们才会按我们的要求去做事。"

卡沙在一旁拍马屁："恭喜您攻占银河系的计划很快便可实施了！"

此时的叶兰与周勇走出了幻境森林别墅，往黑洞星岛的监狱赶去。

刚来到监狱的门口，他们就看到卡沙已等候在那里。

卡沙："你们终于来了，快把你们的着装换一下！"

叶兰一眼诧异地望着他，问道："需要怎么换？"

卡沙伸手指了他们一下，只听见"唰"的一声，他们的服装竟变成了破旧的监狱囚犯装。

卡沙："好了，现在你们可以去监狱里见那位美丽的公主了。"

卡沙说完，便押着他们沿监狱通道走去，并在关押星辉公主狱室的隔壁一间停住了脚步。

卡沙打开门，把他们推入了狱室，锁上了门的紫色能量锁，离开了。

周勇与叶兰发现，原来两间狱室的中间只隔着一张紫色的黑洞能量网栅栏。

周勇蹑手蹑脚地走过去，一碰能量栅栏，便感觉有如触电般的刺疼："哎哟，疼死我了！"

叶兰："小心点，这里是关押重犯的地方，这些紫色的黑洞能量栅栏杀伤力一定很强的！"

叶兰走到紫色的黑洞能量栅栏边，朝隔壁观望，竟能看到隔壁狱室中的那个女孩。

只见头发凌乱的她，正一脸愁容地走来走去。

叶兰观望了她一阵后，向星辉公主招手，小声地问道。

叶兰："喂，你是星辉公主吗？"

星辉公主扭头望了她一眼，以为自己听错了又低头沉思着什么。

周勇走过去，朝星辉公主招了招手，说道："外面没有守卫，你快走过来点，我们有话要同你说。"

星辉公主往他们这边的紫色栅栏走来，好奇地问道："你们是谁，为什么会被关押在这里？"

叶兰小声回应："我们是你父王派来营救你的！"

星辉公主先是点头，而后又摇头问道："你们有什么凭据吗？"

周勇从衣服口袋里掏出白矮星国王交给他的一件信物—— 一只闪光的飞鸟饰物。

星辉公主走了过来，隔着紫色的黑洞能量栅栏，眼里闪着激动的泪光，一脸欣喜地说道："啊，真是父王的信物！"

原来这是白矮星王国的一种神奇的"火鸟"，是强者与力量的象征，其神圣的程度类似地球的火凤凰。

叶兰："你别难过了，我们会找机会救你出去的！"

几天后。

周勇对星辉公主说："时机到了，我们今晚就能带你逃走！"

那天晚上，卡沙带士兵过来巡逻了一遍便走了。

周勇利用卡沙给他的一把紫色能量钥匙与密码，打开了星辉公主手上的光能锁与两道光能电子门锁。当他们正准备走出狱门时，星辉公主在后面叫住了他们。

星辉公主："稍等一下！"

说着，星辉公主便挥动双臂，施展光能特异功能，变出了三个与他们模样相同的假人关在监狱里面，而他们自己则变成了三道银光，从监狱的洞道穿出逃走了。

其实，刚才发生的一切，N斯博士在监控屏幕上看得清清楚楚。

他们这边刚走，N斯博士便转身吩咐卡沙道："快带领怪兽军特战队悄悄地尾随他们，随时准备夺取M4能量球！"

卡沙："遵命，我们马上行动！"

第六章
夺取 M4 能量球之战

说话间，叶兰与周勇已乘坐星辉公主利用能量腰带变形而成的光能飞船，从黑洞漩涡中飞起。

他们飞出黑洞后，光能飞船便调转往白矮星岛的方向飞去。

这时，卡沙率领的怪兽军特战队，也乘坐隐形飞碟从黑洞星岛上起飞了。

卡沙坐在驾驶室内，搜索星辉公主的飞船航线，同时设定了航线跟踪系统，悄然地跟去。

很快，光能飞船降落在了白矮星岛上。下飞船后，星辉公主按下腰间的能量腰带按钮，一道银光一闪，光能飞船变成了一股银色的能量流，钻入了星辉公主的能量腰带中。

"走吧，我们快回皇宫！"星辉公主领着周勇与叶兰，朝星仔带他们走过一次的暗洞道走去。

　　星辉公主："这条暗道只有我与星仔知道，我们以前常悄悄地从这条暗道跑出皇宫去别的星岛旅游。可是，我们上次就是因为去别的星岛玩，半路上被 N 斯博士手下的怪兽军抓走了，之后星仔也不知下落了!"

　　星辉公主说到这里，眼里闪着泪光，看样子快要哭了。

　　"嘘!"她习惯性地吹了一声召唤星仔的口哨。

　　只见星仔的光影忽然出现在星辉公主身前的上空中。

　　星辉公主欣喜激动地说道："星仔，真的是你吗? 快下来呀!"

　　星仔眼里含着泪光说道："不，公主，这是我的光能影子，我的身体已经被 N 斯博士关押起来了。"

　　星辉公主："星仔，那我要怎样才能救你出来?"

　　星仔："不，你千万别来救我，要不你又要被它们抓起来，千万别来!"

　　星辉公主："星仔，你别担心，等我回去后，一定会想办法去救出你的!"

　　周勇："公主快走，我们还有任务要去完成!"

　　星辉公主："什么任务?"

　　叶兰："你父王要你去取出那颗 M4 能量球!"

　　星辉公主："那颗 M4 能量球不是一直保存得好好的吗，干吗要取出来?"

　　周勇："因为 N 斯博士已经发现了那颗 M4 能量球的储藏位置，所以你父王要你赶紧把能量球转移到别处!"

　　星辉公主："哦，可是父王没有告诉我那间密室的开锁密码呀!"

叶兰:"你父王已经告诉我们那密室的密码,就是你左掌的光能'脉搏'!"

星辉公主:"啊,这样呀,我知道那间密室在哪儿,我们快赶过去!"

说着,星辉公主领头,大家快速朝洞道深处冲去。

在白矮星王国的皇宫监控室内,白矮星国王已发现了星辉公主与叶兰、周勇正走在通往密室的那条洞道。

白矮星国王扭头吩咐洪崖兽将军:"公主已被他们救回来了,他们正要去转移 M4 能量球,你快带光能兽大军去保护他们!"

洪崖兽将军:"是,尊敬的王!"洪崖兽将军应声迅速走了出去。

而此时,星辉公主与周勇、叶兰已跑到了一条空旷的洞道中。

可奇怪的是,他们沿着这条洞道越往前走,洞道就变得越来越窄。

周勇:"怎么前面的洞道越来越窄了,星辉公主,我们是不是走错了?"

星辉公主:"不,没错的,之前父王带我来过,只要走到尽头便是那间密室的入口了!"

他们快速地往前冲去,刚走到洞道的尽头却发现前面是一堵封闭的墙壁,银色的墙壁上一片空白,什么也没有。

叶兰焦急地说道:"糟了,这里怎么没有提示?开启密室门的机关位置在哪?"

星辉公主："你们都让开，看我的!"

星辉公主说着，便挥掌往那面墙壁上射出了一道七彩的奇光，"唰"的一声，墙壁上显示出了两个手掌印。

叶兰："哇，光能密码锁!"

周勇："原来这样才能显示密室门机关!"

星辉公主走上前去，把自己的双掌印在墙壁上的那两个手印上，只见手印边上"嘶嘶"闪过几道银光后，一扇银色的门在他们的面前"吱啦"一声打开来。

周勇与叶兰惊诧地发现，他们面前的这间空旷的石室内放置着一颗奇大的金色能量球。

叶兰："M4 能量球，原来有这么大呀!"

周勇："哇，如果我们抱住它去转移，那岂不是会被融化!"

星辉公主："你们快让开，让我来!"

星辉公主张开双臂，施展起光能特异功能。

只见两道金光自她的掌心射出，直射向那个巨大的金色能量球。

奇怪的事情发生了，那个金色能量球在两道金光的照射下，竟然慢慢地缩小了，最后变成一颗珍珠般大小的球。

星辉公主从身上掏出一个精致的盒子。打开盒盖，那颗金色的 M4 能量球朝着这个盒子飞来，能量球一飞入盒子，盒盖便关上了。

周勇与叶兰在一旁惊呆了。

星辉公主扭头招呼他们："好了，我们快回皇宫去!"

叶兰："是不是沿原路返回?"

星辉公主："不行，来不及了，我感觉到了一股巨大的异星球能量正在向我们逼近！"

叶兰："啊！"

周勇心里嘀咕着："糟了，如果我猜得没错的话，一定是 N 斯博士派卡沙它们过来抢 M4 能量球了！"

果真，卡沙领着一队怪兽大军进入了周勇他们刚才经过的那条洞道。

很快，星辉公主与周勇、叶兰已气喘吁吁地跑到了一个三岔洞道口前。

叶兰："哇，这里有三条洞道，我们该从哪个洞道走？"

星辉公主："不用担心，这三条洞道都是通往皇宫的，但是现在为了分散敌人的注意力，我们得一人走一条洞道。"

周勇担忧地扭头望了一下叶兰，仿佛用目光在问她："你一个人能应战吗？"

叶兰安慰他："周勇，我能行的，你也一定要小心哦！"

星辉公主："那我们赶紧出发吧！"

说着，他们三人便各自钻入了一条洞道，星辉公主进入中间的那条洞道，周勇跑入左边的洞道，叶兰则进入右边的洞道。

可当他们各自钻进一条洞道后，每个人就变成了一只白矮星的光能兽。

星辉公主所变的是一只金色的光能兽，后背上长着一对巨大的金色羽翼。周勇变成了一只蓝色的光能兽，后背上有一对巨大的蓝色羽翼。而叶兰则变成了一只红色的光能兽，后背上是一对巨大的红色羽翼。

他们不知道，原来这一切都是白矮星国王在监控室内，按动着密道的机关按钮，自如地控制着他们刚才的变形。

原来，他看到卡沙带领的黑洞怪兽军进入了洞道，生怕它们又夺走了星辉公主与 M4 能量球。

此时，卡沙带领一大队怪兽大军，追到了三岔洞道口前。

卡沙："等等，先别进去！"

卡沙："如果我猜得没错，M4 能量球储存室的门大开着，星辉公主一定取走了 M4 能量球。那么这三条洞道，其中有一条就是她的逃生洞道了！"

怪兽军甲："可是，将军，到底哪一条洞道中会有星辉公主呢？"

怪兽军乙："是呀，我们如果追不回 M4 能量球与星辉公主，N 斯博士一定会抓我们去提炼能量球了！"

卡沙："一群笨蛋，你们一万个也顶不上星辉公主与这颗 M4 能量球，让我的光能追踪器来探测一下！"

卡沙拿起一个类似放大镜的光能追踪器放到眼前，睁大了眼睛，往那三个洞道内望了一下，突然，它看到中间的那条洞道深处，一个金色光能兽的身影一闪而过。

卡沙："星辉公主在中间的洞道。大家听好了，兵分三路，一路攻击左边洞道，另一路攻击右边洞道，其余人马攻击中间洞道！"

叶兰所变的红色光能兽，一直往里奔腾而去，却听见身后传来了"嗒嗒"的追赶声。

叶兰："糟了，卡沙它们追来了。唉，反正我现在这模样，也认不出我是谁，就与它们大战一场吧！"

想到这里，叶兰所变的红色光能兽便扭头张牙舞爪地迎向了黑洞怪兽军："呜哇！"

只见她扭动着头上红色尖锐的光能角，左顶右刺地攻击着眼前的黑洞怪兽军。

那些怪兽军也张牙舞爪地围攻上来。

可是叶兰毕竟势单力薄，她感觉自己被四周的黑色怪兽军攻击得晕头转向，喘不过气来了。

叶兰心想："不行，再这样下去，我就会被它们撕碎！"她突然想起洪崖兽将军交给他们的防身之物——光能剑。

叶兰施展起了能量变身术，变成了一名白矮星的光能太空战士。只见她身着红色太空战衣，手握一把红色光能剑，一跃而起，矫捷地刺向了眼前的怪兽军。被刺中了的怪兽军疼得"呜哇，呜哇"地怪叫着。

叶兰不由得在心底暗喜："想不到这把光能剑这么厉害！"

这时，一个奇怪的声音在她的耳旁响起："不是这把光能剑厉害，是你自己的功夫厉害。快突出包围圈，穿墙去中间的洞道中保护星辉公主与 M4 能量球！"

"好的！"叶兰所变的光能战士，飞身而起，跳出了包围圈，而后纵身一跃，撞向墙壁，穿墙而过，进入了中间洞道。

星辉公主变成了身着金色太空战衣的光能战士，正在一大群怪兽军的包围圈中挥舞着金色的光能剑拼杀着。

叶兰所变的红色光能战士飞跃到星辉公主的身旁，挥舞着手中的红色光能剑，刺向了那些"呜哇"乱叫着扑来的怪兽。

星辉公主用心语招呼叶兰道："情况紧急，请你帮我抵挡一下，我得先走了！"

说着，星辉公主飞身撞向了右边的墙壁，不见了踪影。

在另一条洞道中，卡沙正与手握蓝色光能剑的蓝色光能战士（周勇）对战着，只见他们打斗着从墙壁撞进了中间洞道。

此时，卡沙发现中间的洞道中，已经没有了星辉公主的踪影，惊呼："糟了！"说完便飞身一脚，踢飞了蓝色光能战士，大声呵斥怪兽军，"星辉公主跑哪去了？"

几个正与叶兰对战的怪兽军，扭头答道："她刚才向右边洞道的墙壁飞撞而去，不见了踪影！"

卡沙："一群蠢瓜！"

周勇所变的蓝色光能战士回应道："哈哈哈，你上当了，M4能量球根本不在我身上！"

卡沙："哼，可恶！你等着，我一定回来找你算账！"

说着，卡沙便钻入了右边那条洞道，往前追踪星辉公主。

而星辉公主正奔跑在洞道中，突然，她发现有一个银白色熟悉的身影，正朝她飞奔而来。

星辉公主欣喜若狂地说道："星仔，怎么会是你？"

星仔飞身跃入了星辉公主的怀中："公主，终于又见到你了，真是太好了！"

星辉公主："你不是被 N 斯博士关押起来了吗，怎么逃出来的？"

星仔眨了眨晶亮的眼睛说道："我好不容易才从 N 斯博士的

实验室逃出来，可刚回到皇宫，国王便要我前来接应你。"

星辉公主："太好了，星仔，你快把这颗 M4 能量球带回皇宫！"

星仔："你要去哪里？"

星辉公主："我还得回去救我的两位恩人！"

星仔："好的，我马上帮您把 M4 能量球转交给国王！"

星仔接过公主递给它的 M4 能量球从星辉公主的身上跳跃而下，往前面的洞道中跑去。

可是刚跑出十几米后，星仔倏地一变，变成了卡沙的模样，冷笑着说道："嘿嘿嘿，没想到这办法还真不错，你果真上当了。星辉公主，你束手就擒吧！"

星辉公主着急地惊呼："卡沙，原来是你！你这个可恶的骗子！"

"嗨！"卡沙挥掌射出一道紫色黑洞能量，把星辉公主打倒了。

正在这危急的时候，洪崖兽将军带领一队光能兽军赶到了星辉公主的身旁，卡沙一见强敌在前，转身离开："嘿嘿，不跟你们玩了，我下次再来抓这丫头！"

第七章
窥探新情报

洪崖兽将军扶起了星辉公主："公主，您没事吧?"

星辉公主指着卡沙逃跑的方向："我没事，快去追回 M4 能量球!"

洪崖兽将军："公主请放心，M4 能量球，我一定会想办法追回!"

说着，洪崖兽将军变形成光能兽驮着星辉公主，率领着光能兽军，往皇宫的方向跑去。

一个小时后，在白矮星王国的皇宫里，国王召集洪崖兽将军、周勇、叶兰、星辉公主，协商夺回 M4 能量球的行动事项。

星辉公主："父王，M4 能量球是我弄丢的，还是由我去找回来吧!"

白矮星国王："不，你好不容易才从黑洞 N 斯城堡的监狱脱身，不能再回去了，更何况你一去，它们更不会交出 M4 能量球了！"

星辉公主一脸诧异地问道："这是为什么呀？"

白矮星国王："因为 M4 能量球与你体内的能量结合后，将会产生更大的能量，而这股能量可能正是它们急需的！"

星辉公主惊呼："难道它们当初抓我过去，也是为了我体内的能量？"

白矮星国王："是的，所以，你千万要谨慎，别让他们发现你！"

洪崖兽将军："国王，那我们现在该怎么办？"

白矮星国王沉思了片刻，指着叶兰与周勇说道："我的想法是，这个任务还得由他们来完成。"

星辉公主略带担忧地说道："可是，他们两边跑，迟早会暴露身份的，那样他们就危险了！"

白矮星国王："没事，洪崖兽将军，你快去把我最新研制的光能分身棒拿过来！"

洪崖兽将军拿来了两根银色的闪光棒，递给了白矮星国王。

白矮星国王把光能分身棒递给了叶兰与周勇，并交代道："你们带上它，必要的时候可以用来隐形和分身，保护自己不暴露身份！"

"可是，这个怎么使用呢？"周勇讨教道。

白矮星国王："很简单的，光能分身棒上有一个'能量机关按钮'，你们需要分身的时候，只要启动按钮，然后默念一下自己的名字便可以施展分身术了。好了，你们现在可以动身，再不回去，可真要被它们怀疑了！"

周勇："是，白矮星国王！"

叶兰："我们马上动身！"

此时，在黑洞星岛的 N 斯城堡。

N 斯博士训斥着卡沙："你们这群蠢材，叫你们盯紧点，你们竟然让星辉公主逃跑了！"

卡沙："N 斯博士，虽然星辉公主逃跑了，但是，我们却把 M4 能量球给您夺回来了！"

N 斯博士欣喜若狂地说道："什么，你们夺回了 M4 能量球？快拿来看看！"

卡沙将装着 M4 能量球的盒子递过去："博士，您请看！"

N 斯博士望着手中盒子里的 M4 能量球，眼睛发亮地说道："嘿嘿，M4 能量球，M4 能量球，我总算见到你了！"

这时，一名怪兽兵跑进来报告道："报告博士，那两名地球人回来了！"

卡沙："不会吧，刚才我们在白矮星岛恶战时，一直都没见着他们，怎么现在却回来了？"

N 斯博士："他们是不是受伤了？"

怪兽兵："是的，好像受伤很严重！"

N 斯博士："嗯，那赶紧叫他们进来！"

怪兽兵出去引着周勇与叶兰走了进来。

周勇与叶兰浑身被烧得乌黑，衣服破烂、伤痕累累地走了进来。

N 斯博士望着他们，严厉地问道："你们俩怎么现在才回来？

怎么受伤这么严重?"

周勇:"报告博士,我们一去到白矮星岛,便被星辉公主甩掉了,后来,我们不幸中了光能怪兽军的埋伏。只好拼命突围,好不容易才从那边逃出来!"

叶兰用抱怨的眼神,望了望卡沙,问道:"卡沙先生不是说要去接应我们嘛,怎么一直都不见您来救助我们?"

卡沙:"抱歉,我们那时刚好去夺取 M4 能量球了,夺到能量球后,没见到你们,我们就赶紧撤了!"

周勇:"哦,M4 能量球夺回来了吗?"

卡沙:"那当然!"

叶兰:"M4 能量球已经到手了,N 斯博士准备什么时候行动?"

N 斯博士叹了口气,说道:"行动可能得推后了,星辉公主被他们救走了!"

卡沙略带急切地问道:"N 斯博士,如果没有星辉公主体内的能量,我们是不是暂时不能入侵银河系了?"

N 斯博士:"让我利用 M4 能量球做个实验,看看 M4 能量球的能量能不能助我们进入银河系附近的星球,之后,我们再另做打算!"

周勇:"好的!"

叶兰:"那我们期待 N 斯博士的实验结果!"

N 斯博士看了看他们,说道:"不用着急,你们俩先好好疗伤休息几天,到时好配合卡沙入侵银河系的行动!"

周勇:"请问这里有疗伤的医疗所吗?"

卡沙："你们别墅中的床是 N 斯博士研制的高科技床，有疗伤的功效，你们只要躺在床上，便可以设定疗伤模式，进行疗伤了。"

叶兰："是吗？"

周勇："那我们疗伤去了！"

N 斯博士："去吧！"

他们走出了 N 斯城堡，往幻境森林别墅赶去。

周勇与叶兰回到幻境森林别墅后，坐在沙发上休息了一阵后，用白矮星岛的心语协商他们下一步行动的计划。

周勇："看来，只能等它们攻打银河系时，我们才能乘机夺取 M4 能量球！"

叶兰："嗯，那当然，要是我们现在就去夺走 M4 能量球，一定会暴露身份的。"

周勇："对了，我们现在不是有'光能分身棒'嘛，不如现在施展隐形术，去看看 N 斯博士在做什么实验？"

叶兰："嗯，这想法不错，我们现在就去看看。"

说着，他们走入了各自的卧室，把床的功能调试成疗伤功效模式。

待疗伤结束后，他们便利用光能分身棒，施展了隐形分身术，各自变了一个替身躺在床上疗伤，而另一个自己隐身走出了幻境森林别墅。

刚开始他们还有些怀疑光能分身棒的功效。

周勇："不知这光能分身棒的效果怎样？要是不行，被卡沙它们发现的话我们就惨了！"

叶兰："这样吧，我们先去试试效果，然后再去 N 斯城堡窥探情报。"

他们蹑手蹑脚地走进幻境森林。

他们伸手试探着去碰那些树木，可那些树木却并没有反应，也没有变成怪兽蛇攻击他们。

周勇用心语对叶兰说道："喂，看来它们真没发现我们!"

叶兰："嗯，那我们赶紧走吧，执行任务要紧!"

说着，隐形的他们便转身往 N 斯城堡赶去。

在 N 斯城堡门口的守卫跟前。

周勇："先别走，让我再试探一下!"

周勇走过去，轻踩了一下那守卫的脚，然而那守卫竟丝毫不动。

叶兰也走上前去，拽了拽守卫的上衣，也一点反应都没有。

周勇："好，这下放心了，我们进去吧!"

隐身的他们悄然地走入了 N 斯博士的实验室内。

N 斯博士的身旁站着它的助手卡沙。

此时，N 斯博士正问卡沙："周勇与叶兰现在正在做什么?"

卡沙："他们正躺在幻境别墅的床上疗伤，您放心吧，一切都在我们的监控之中，出不了差错的!"

N 斯博士："嗯，很好!"

"啊!"它们这话让正站在身后的周勇与叶兰在心底惊呼。

叶兰气得正要用腿去踢 N 斯博士的屁股，却被周勇在一旁拽开了。

周勇用心语暗示叶兰不要冲动："疯丫头，别冲动！嘘！"

他们站在 N 斯博士的身旁，观看他做实验。

N 斯博士启动了能量测试仪，把 M4 能量球放在一个能量吸入口处，然后按下红色的吸入按钮，吸入了少量能量。

接着，又启动了能量释放按钮，那股蓝色的能量在能量运转仪器内快速地运转着。

只听见"轰隆"一声巨响，能量监控屏幕上显示："从 N 斯博士的实验室的顶端，一颗类似大山般的圆形巨石，被冲击向了黑色的暗流上空中。"

N 斯博士欣喜欢呼："哇，真是太棒了！"

卡沙："怎么样，能量大吧？"

N 斯博士："能量大得出乎我的意料！"

卡沙："N 斯博士，那我们可以入侵银河系了吗？"

N 斯博士："根据我刚才的计算结果，如果通过四维空间的'时空通道'，用 M4 能量球的千分之一能量，便足以把我们的飞船运行到银河系的黑洞出口处了！"

卡沙："哇，简直是太神奇了，那我们什么时候可以行动？"

N 斯博士："事不宜迟，等周勇与叶兰的伤疗好后，你们便可起程了！"

卡沙："是的，博士！"

周勇与叶兰见 N 斯博士与卡沙准备走出实验室，他们赶紧抢先走了出去。

第八章
入侵银河系计划

周勇与叶兰回到幻境森林别墅后，疲惫地倒在床上睡着了。

在朦胧的梦境中，他们发现自己又跟随洪崖兽将军去了白矮星王国的皇宫。

白矮星国王问道："两位，最近黑洞 N 斯城堡那边有什么动静？"

周勇："他们刚完成 M4 能量球的能量试验，估计很快就准备进攻银河系了！"

叶兰："白矮星国王，我们可以阻止他们的行动吗？"

白矮星国王："阻止行动只会让你们暴露了身份，还是先按他们的指示行动，然后再伺机夺回 M4 能量球！"

周勇："好的！"

这时，他们听见耳边有人在呼叫他们："周勇！叶兰！"

他们从床上爬了起来，走向了客厅。

原来是卡沙来看望他们了。

卡沙用欣喜又沙哑的语气说道："我们入侵银河系的行动很快就可以启动了，两位的伤好些了吗？"

周勇："谢谢卡沙先生的关照，我们好多了！"

叶兰："大概什么时候可以启动这次行动？"

卡沙："等你们康复就能行动，加油把伤养好，博士这几天正在研制新飞船！"

叶兰："好的！"

周勇："这次行动，我们一定全力以赴！"

卡沙说完便走了。

周勇与叶兰如释重负地坐在沙发上，聊天。

周勇："我们很快就要回银河系了，你开心吗？"

叶兰："开心什么呀，又不是回地球，而且前路迷茫……"

周勇："你在担心什么？"

叶兰："我在担心 N 斯博士新研制的飞船能否让我们平安到达银河系。"

周勇深情地望着她："如果我们半路遭遇不测，你会后悔吗？"

叶兰装出一副满不在乎的样子，说道："后悔什么呀？就算后悔，你不能让我回地球；就算后悔，你也不能还我那么多年等待你的青春时光！"

周勇："对不起，这些年都怪我太忙了！其实，在我心底，你还一直是当年的那个刚出校门的小女生模样。"

周勇说着，握住了她的双手，深情地望着她。

叶兰心酸、委屈地甩开了他的手，嘀咕道："走开，我讨厌你！"

叶兰扭头走入了自己的卧室去，"砰"地把门从里面反锁上了。

周勇站在门边说道："叶兰，不管未来路上多么艰辛，你一定要努力坚持，等回地球后，我一定会好好补偿你的！"

叶兰没好气地说道："忽悠，继续忽悠吧！"

周勇直拍自己的脑袋，自言自语道："我什么时候忽悠过你了？"

叶兰："你自己心里最清楚！"

周勇："唉，这丫头，真拿你没办法，又开始吃糊涂醋了！"

周勇努力地在脑海中回忆着，突然想起来在很多年前，他曾鼓励叶兰，叫她好好学习，等她学成后，他会给她一个幸福、温暖的未来，可哪知她刚毕业，他却被调去国外工作了。

周勇："当初我真不该说那些不可实现的话！"他拍着脑袋地说着，扭头走进自己房间，睡觉去了。

"咚咚咚"周勇正睡得迷迷糊糊的，听见有人在敲他的门。

他起身打开了门，见一个满头竖发的怪兽巫女站在他的门外。

周勇吓得直关门叫道："啊，妈呀！"

只见巫女的脸一晃，变成了叶兰的模样："嘿嘿，胆小鬼上当啦！哈哈哈！"

周勇："原来是你这疯丫头呀！这么晚了，有什么事？"

叶兰把嘴巴附到他的耳边，用心语说道："我们待会行动，继续去打探情况……"

周勇："呵呵，我说嘛，你这古灵精怪的丫头！"

卡沙正站在监控屏幕前，看到这一切，它摇头关掉了监控视频。

没多久，周勇与叶兰利用光能棒分身术，隐身走出了幻境森林别墅的大门。

他们往 N 斯博士的实验室赶去。

两人一边走一边用白矮星心语吵闹着。周勇走向前去，要牵叶兰的手。

叶兰一下子甩开了他，用心语嘀咕道："走远点！"

周勇用心语回复："疯丫头，刚才还那么热情，现在又冷落我了！"

叶兰又用心语说道："刚才是做给别人看的！我们被人监控了，不分散那些家伙的注意力，咱们就没法行动了！"

周勇无可奈何地用心语说道："唉，你这丫头。"

他们刚走到实验室门口，便听见卡沙与 N 斯博士在电脑前协商着去银河系的路径。

　　N 斯博士："我刚才查询太空银河系统图发现，在银河系的人马座附近，还存在着一个中型的 Y 黑洞，我们到时可以利用 M4 能量球的能量，把我们最新研制的 0078 号黑洞飞船，运送到 Y 黑洞出口处。"

　　卡沙："N 斯博士，有一事我不明白，为什么我们不直接去古老的 X 黑洞，而是去最新的 Y 黑洞呢？"

　　N 斯博士沉思片刻，坚定地说道："因为这颗中型新黑洞的质量差不多是银河系中太阳的 1500 倍，它产生的巨大引力能将恒星从附近的恒星团中'拽出'，从而导致附近运行的恒星进入一条混乱的运行轨道。"

　　卡沙："可是，这里的恒星轨道运行混乱后，会不会影响将来我们进攻银河系？"

　　N 斯博士："不，恰恰相反，将来我们还可以利用这条混乱的运行轨道，加快我们侵占银河系的计划！"

　　卡沙："那您的意思是？"

　　N 斯博士："对于我们来说，轨道越乱越好，我们可以利用黑洞的超强引力，把那些行星与恒星拉入黑洞之中。这样就能把那些行星与恒星通过四维时空通道，运到我们的 M44 鬼星团的黑洞中了！"

　　卡沙："可是，我们哪有那么大的能量去开通那条四维时空通道呀？"

　　N 斯博士："我们可以利用 M4 能量球制造一个超能量的、巨

大的太空磁场，而后便可以打通一条从人马座附近的 Y 黑洞，直通 M44 鬼星团黑洞的四维时空通道了！"

卡沙："太棒了，到时候不要说一个地球，或者是一个太阳，就连整个银河系，我们都能运输过来了！"

N 斯博士："哈哈哈，你越来越聪明了！"

他们的这番话，让隐身站在身后的周勇与叶兰听得额头直冒冷汗的。

他们用心语嘀咕交流。

周勇："这两个家伙的野心还真是不小！"

叶兰："如果真是那样，那整个银河系就完蛋了！"

周勇与叶兰正想离开，又见卡沙好奇地问 N 斯博士。

卡沙："N 斯博士，有一件事我一直不明白，为什么您对银河系那么感兴趣？"

N 斯博士："当年研制我的地球 T 博士，把我运送到太空时，曾流着泪说我们太聪明了，一旦我们的智慧超越了人类的思维，地球的人类将面临灭顶之灾，所以我们只能去黑洞中，探索宇宙的未知世界！"

卡沙："这件事对您的打击很大吧？"

N 斯博士："是的，在他们看来，把我们运送到黑洞的空间就等于是消灭了我们。可是，在我们看来，黑洞世界是新生的开始，是一条探索宇宙世界的新通道。所以，我一定要在黑洞中重新开始，夺回本该属于我的地球，甚至整个太阳系！"

隐身的周勇与叶兰，眼睛瞪得大大地用心语说道："啊……原来是这样呀！"

周勇直挠后脑勺地说："老天，它一定是来自未来世界。我们的时代，地球科技还没达到这么高的水准呀！"

叶兰："嗯，有道理！看来我们更得谨慎应付了！"

这时，他们听到 N 斯博士又嘱咐了卡沙几句。

N 斯博士："卡沙，那两个地球人，你一路上要好好保护他们，他们对我们征服地球，甚至整个银河系，都将有着不可估量的作用。"

卡沙："是，博士！"

两天后，在 N 斯城堡的飞船发射中心。

N 斯博士利用 M4 能量球的能量，制造了一个巨大的太空磁场，利用磁场的能量开通了一条四维时空通道。

N 斯博士正在点火，准备发射 0078 号黑洞飞船。

此时，卡沙坐在飞船的主控驾驶室，周勇与叶兰坐在飞船舱内。N 斯城堡的部分黑洞怪兽兵则坐在后面的太空舱中。

N 斯博士坐在发射机组跟前，通过太空遥感对讲机问卡沙："准备好了吗？"

卡沙："报告博士，准备完毕，请求发射！"

N 斯博士按下了面前的红色"发射"按钮。

飞船底下燃起一团能量磁场的巨大浓雾，飞船在浓雾中越转

越快，越转越快，接着便腾空而起，飞向了黑洞的四维时空通道中。

卡沙欢呼道："哇，M4 能量球的能量真厉害！"

此时，周勇与叶兰用心语交流着。

周勇："不知 M4 能量球被卡沙带过来了没有？"

叶兰："应该带来了吧，他们还想利用 M4 能量球运输整个银河系呢。"

周勇："那咱们得找个机会试探一下。"

叶兰："嗯，让我来问吧。"

叶兰用对讲机："糟了，卡沙先生，我们忘记一件很重要的事了！"

卡沙问道："什么事？"

叶兰："卡沙先生，我们是不是忘了带 M4 能量球了？"

卡沙："哈哈，如果我们没带 M4 能量球，哪能启动飞船进入四维时空通道？"

叶兰："那 M4 能量球是安装在哪的呢？"

卡沙："当然是放置在能量系统中了。呵呵，你们这些地球人，真是愚蠢得太有趣了！"

周勇："真抱歉，卡沙先生，我们的地球科技暂时没有你们的发达，见笑了！"

卡沙："什么，你们的科技没有我们的发达？那我们收复太阳系就更快捷了！哈哈！"

叶兰:"卡沙先生,我们大概要多久才能到达太阳系?"

卡沙略做思考状:"我们走的是四维超时空通道,现在我们飞船的速度是光速的一千万倍,所以估计很快就到了!如果……"

周勇:"如果什么,卡沙先生?"

卡沙:"如果飞船系统不出故障的话,飞船大概几天就可以到达太阳系了!"

叶兰:"哇,要那么久呀!"

周勇:"看来我们也帮不上您的忙,那我们先休息了。"

说着,他们便躺倒在太空座椅上入睡了。

他们刚睡着,他们的梦境思维便被白矮星国的信息系统给搜索连接上了,他们在梦里又见到了洪崖兽将军。

洪崖兽将军:"你们现在到哪了?"

周勇:"我们现在正在去太阳系的路上!"

洪崖兽将军:"M4 能量球被他们带走了吗?"

叶兰:"是的,他们已经用 M4 能量球的部分能量启动了一个巨大的黑洞磁场,开通了四维时空通道,飞船正运行在这条时空通道之中。"

洪崖兽将军:"那你们要小心点,因为四维时空通道的运行轨道是不太稳定的。"

叶兰:"如果我们遇到危险了,怎么办?"

洪崖兽将军:"你们不用担心,无论你们遇到什么危难,我

们都会赶过来救你们的！只是，你们要小心，不要被 N 斯博士所利用去干坏事。"

周勇："你们尽管放心，我们此行的目的是夺回 M4 能量球，阻止银河系灾难的发生，绝不会为虎作伥。"

洪崖兽将军点了点头："嗯，那就好！"

可是，令他们意想不到的是，此时的 N 斯博士正在航控室内，掌控着整条四维时空通道的航控系统。

突然，他面前的电脑系统屏幕上，显示出一丝异域信息微波流信号。

N 斯博士："奇怪了，我这次设计的飞船系统已经计算得很周密了，为何还有外来信息干扰？难道……"

N 斯博士接通了卡沙的遥感交流系统，向他发布了一些相关的信息。

N 斯博士："卡沙，你刚才有与外界有联系吗？"

卡沙："没有，您那边显示了什么信息？"

N 斯博士："我这边显示飞船有外界信息的干扰。"

卡沙："啊，难道叶兰与周勇那两个地球人是星际间谍？"

N 斯博士："如果是的话，那可就危险了，四维空间是容不得外界信息入侵干扰的。"

卡沙："博士，那我们该怎么办？"

N 斯博士："为了让飞船能够顺利抵达银河系 Y 黑洞的出口处，你必须在中途把他们放下，以免引发更严重的后果！"

卡沙："好的，那把他们放在哪里？"

N斯博士："前面很快就到幻境怪兽洞星岛了，你们就把他们放在那里，以便验证他们是不是间谍。"

卡沙："那怎么分辨呀？"

N斯博士低声嘱咐几句。

卡沙："嗯，好的，就按您的指示去办。"

N斯博士："要办得干净利索点！"

卡沙："遵命，博士！"

第九章
意外坠入外星岛

　　叶兰与周勇正睡得迷迷糊糊的，突然听见有人在叫他们。

　　卡沙："喂，你们俩快醒醒，快醒醒！"

　　周勇睁开了蒙眬的睡眼，问道："怎么了卡沙先生？"

　　卡沙："不好了，飞船发生了故障，你们必须半路降落！"

　　叶兰："不会吧，飞船在黑洞的四维空间，我们怎么降落？"

　　卡沙："不用担心，我们有救生飞艇，你们现在赶快进入飞艇，我已经帮你们调好了安全降落模式，不用担心。"

　　叶兰与周勇按卡沙的指示进入了救生飞艇。

　　"救生模式启动！"飞艇自动脱离了飞船的主机舱，快速地按航控系统设定的降落点往下降落而去。

　　救生飞艇快速地往下掉落，飞出四维时空通道后，便往一个奇异的星岛飘落而去。卡沙则驾控着他的 0078 号黑洞飞船，继续往前飞行。

当周勇与叶兰走出救生飞艇后，发现四周并没有见到卡沙它们的飞船，于是用心语交流起来。

周勇："为了小心起见，我们在这岛上，都只能用心语交流！"

叶兰："为什么呀？"

周勇："如果这岛上 N 斯博士有安装监控镜头的话，我们的对话都会被它们听到了！"

叶兰："好的，那以后我们就用心语交流吧。"

他们在那星岛上走了一阵之后，停了下来。

周勇："奇怪了，卡沙它们的飞船怎么没有降落下来？"

叶兰："难道它们半路把我们丢下了？"

周勇："嗯，有这个可能！"

"如果真是这样，那可就糟了，它们一定赶去破坏太阳系了！"叶兰焦急得嘀咕道，"那现在该怎么办？"

周勇："还能怎么办，我们只有自己寻找出路了！"

叶兰望了望四周奇异高耸的异星球大山，无助地说："这四周荒星野岭的，我们到哪里去寻找出路呀？"

周勇："现在我们唯一的办法，就是等白矮星国王联系我们！"

叶兰想了想说道："看来，我们只能既来之，则安之。"

周勇："我们四处走走，看看这星岛上有没有什么飞行器能让我们离开这里？"

叶兰指着前方说道："快看，前面的不远处好像有一个大山洞，我们进去看看吧！"

周勇："嗯，好的。"

他们说着便往前面的那个山洞口走去。

山洞中空旷而又清凉，只能听见他们的脚步声，感觉越往里走就越阴森恐怖。

周勇："奇怪了，这条洞道怎么这么长呀？"

叶兰："可是我们走了这么远，里面什么也没看到，这也太古怪了吧？"

周勇："你呀，别着急，这里不像地球，这是异域星球。"

叶兰："对了，这洞道中会不会和 N 斯城堡的怪兽森林中一样，也有怪兽呀？"

周勇："这个不知道，不过我们要小心防备。"

他们说着，走到了一个向左拐弯的洞道口，叶兰正要往拐弯口处走去，周勇在一旁拉住了她。

周勇："等一下，我们先把卡沙给我们的武器拿出来！"说着，他们从身上取出了一把怪兽基因控制闪光棒，握在手里，随时准备应战外星怪兽。

"让我走在前面！"周勇抢先走在叶兰的前面，两人一起往前走去。

他们往前面的洞道中没走多远，奇怪的事情便发生了。

他们发现前面的洞道壁，突然变成了奇异的幻境，洞壁上还有一道道奇异的红光和绿光闪烁着。

叶兰惊诧地问道："哇，那是什么？"

周勇："可能我们进入幻境洞道了！就像之前幻境森林一样！"

叶兰吓得浑身直颤抖地："啊，会不会又有外星怪兽呀？"

周勇在一旁安慰她："别紧张，要镇定！"

叶兰想了想说道："你说得对，我的功夫也不差，更何况有你在身边呢！"

他们一边往前走一边用闪光棒左右晃动，仿佛担心有怪兽随时会冒出来似的。

可奇怪的是，他们往前走了好长一段，也没有发现有任何异常。

叶兰："走了这么远，都没见异常。看来刚才浪费我谨慎的表情了！"

周勇："疯丫头，正经点，随时准备应战！"

"你才是臭小子呢！"叶兰在后面推了他一把。

"啊！"周勇一个趔趄，摔倒斜靠在旁边的洞壁上。

就在这时，只听见"呜哇"一声沉闷的吼叫，从那闪光的幻道壁中，忽地伸出了一个巨大的利齿毕露的怪兽头来，直朝他们张开了血盆大嘴。

眼见着怪兽头就要扑咬向了倒地的周勇，他就地一滚，从腰间抽出了一把激光剑，挥刺向了怪兽头，可怪兽扭头一躲闪，又扑咬了过来。也难怪，周勇怕被 N 斯博士他们看到洞中的状况，所以不敢使用光能剑。

眼见着那怪兽张嘴就要扑咬向周勇的喉咙，叶兰飞身一跃，挥舞着手中的怪兽基因控制闪光棒，按下了闪光棒上的一个按钮，挥刺入那怪兽的嘴中！

闪光棒上一道红光一闪，"呜哇！"怪兽痛得发出一声痛苦的吼叫，把头又缩回了洞道壁中。

周勇余惊未了地惊呼："啊，刚才好险啊！"

叶兰："嘻嘻，你该谢谢我救了你哦！"

周勇："疯丫头，要不是你把我踢倒在地，那怪兽也就不会出来的！"

叶兰："嘻嘻，我这也是为了引兽出洞啊！"

周勇："奇怪了，为何我的激光剑对付不了那怪兽？"

叶兰："嘿嘿，我用的可是卡沙给我们的怪兽基因控制闪光棒！"

周勇由衷赞叹道："真有你的，你这疯丫头！"

四周的洞道壁又变回了红绿光一闪一闪的洞壁，他们蹑手蹑脚地往前走去，谁也不敢再碰洞壁了。

又往前走了没多久，他们来到了一个拐弯洞道口处，听到里面有奇怪的声音"嗡嗡"地回响，好奇地走了过去。他们往洞口内一望，惊奇地发现里面一片流光荡漾，银光闪闪，好像是一条奇怪的时空通道似的。

叶兰："咦，那是什么呀？"

周勇："看起来像是一条时空通道！"

叶兰："但它是通往哪里的呢？"

周勇："不知道，我们去试试就知道了！"

叶兰："难道你不怕这是Ｎ斯博士的阴谋？"

周勇："越是阴谋，我们就越要闯，这样才能让它更信任我们！"

说着，周勇带头往那条奇异的通道中走去。

他们刚一踏上那洞道，便发现自己的脚下像是踏上了光速电梯似的，身子快速地往前冲刺而去。

他们听见耳旁是呼呼的风声，周围一片银光四射的。

周勇与叶兰吓得惊恐地大叫着："啊！"

也不知道往前滑行了多久，他们感觉脚下一顿，身子一下子撞到了一面石洞壁上，直撞得他们眼冒金花的。

周勇与叶兰各自抱着头，叫苦不堪地嘀咕道："哎哟，撞得疼死我了！怎么我们还在山洞中呀？"

他们站起身来，定神朝四周打量着，发现前面洞道的不远处有亮光。

周勇："快看，那边有亮光，我们出去看看到哪了。"

叶兰："好的！"说着，他们朝亮光处走去。

当他们走到外面时，却发现外面是一片绿水青山的地球景象！

他们一齐惊呼："哇！"

叶兰："难道是刚才那条时空通道把我们给带回地球了？"

周勇摇了摇头，说道："不可能，我们不会有那么好的运气！"

叶兰一脸诧异地望了望四周，说道："可是，这里的一切，完全与地球一模一样呀！"

周勇见四周都是些从未见过的奇异树木，又走过去拍了拍叶兰的肩膀，说道："醒醒吧，这里一定是幻境！你看那些树木都是我们从未见过的！"

叶兰略带调侃地说道："为了不浪费 N 斯博士用心良苦的'盛情款待'，我们不如四处走走看看！"

走了一阵，他们发现那里不像幻境，可他们又弄不明白自己来到什么地方了。

叶兰："我怎么看这不像是幻境，与之前卡沙扔下我们的星岛也完全不相同。"

周勇："如果真不是，那我们得使用光能剑应付这里的危险了！"

叶兰："好的，我也这么认为！我有预感，这里也许是地球或类地行星上的某处。"

说着，他们往前面的湖边走去，叶兰走到湖边挽起了裤脚，往湖水中走去。

周勇："小心有危险，先别下水！"周勇的话还没说完，已走入湖水一两米远的叶兰的身旁突然跳起了一条长得像刺猬一样的利齿鱼，直扑腾着咬向了叶兰，并咬住了她的衣服，直往水中拖去！

叶兰惊呼："啊！"她从身后抽出了一把红色光能剑，正在此时，却见另一条利齿鱼又扑咬了过来，一口咬住了她拔剑的手。

叶兰哭丧着脸："周勇，快救我！"

周勇飞身而起，跃了过去，挥动蓝色光能剑，一剑砍断了咬住叶兰衣裳的利齿鱼，又飞起一脚，踢飞了咬住叶兰手臂的那条利齿鱼。

他拉着叶兰，转身奔向湖岸边，他们的身后，有一大群利齿鱼追赶了过来。

他们拼命地冲上了岸，那些利齿鱼也扑腾地追上了岸，并在草坪地上蹦跳着，快速地追赶他们。

叶兰扭头一望，惊恐地说道："快看，它们追上来了！"

周勇往前一望，发现前面有一座绿草茂盛的小山坡，便说："我们快往前面的山坡上跑！"

他们气喘吁吁地往山坡上跑了很远，扭头见那群怪兽鱼没追过来，才停下来喘了喘气。

周勇："刚才好险，要是被它们追上了，我们俩可都完蛋了。"

叶兰："那么多奇怪的利齿鱼，看来这里真的不是地球了！"

周勇："那当然了，这里怎么可能是地球呢？"

他们正大口大口地喘着粗气，突然，叶兰指着周勇的身后，大声地惊呼了起来："啊，小心你的身后！"

周勇也指着叶兰的身后惊呼："它们从深草丛中爬过来了，快跑！"

可是来不及了。他们迅速抽出了光能剑，把那些怪兽鱼砍得东奔西窜的。随即，两人又不顾一切地往山坡顶上爬去。

突然，他们的耳边传来了一声刺耳的哨声。听见这声音，那

群利齿鱼迅即转身往湖边跑去。见状，周勇和叶兰感到十分奇怪，当他们正东张西望地寻找声音的来源时，却发现山脚下的湖泊中站起了一条像一栋高楼般巨大的利齿母鱼兽。

叶兰与周勇吓得瞠目结舌地惊呼："我的天！好大的一条利齿母鱼兽！"

周勇分析道："看来，刚才那刺耳的哨声就是那条母鱼发出的！"

叶兰擦着额头上的汗水说："这么说，我们刚才是穿越到一个怪兽鱼星岛了！"

这时，四周的天色渐渐暗淡了下来。

周勇："糟糕，天快黑了！"

叶兰："那怎么办，这山下这么多的利齿鱼，如果我们睡着了就会被它们吃掉的！"

周勇："我们去山上找些柴草，先把身上的衣服烤干，之后我们再把柴火烧大些，轮流守夜，小睡一觉。等天亮后，我们去找到那条我们来的时空通道，然后再从那里进去，看看能不能回到原来的星岛。"

叶兰想了想说道："嗯，也只能这样了！"

说着，他们便在山顶上四处寻找干柴草，准备生火。

此时，在黑洞 N 斯城堡里，N 斯博士正坐在太空监控系统前，用手在触屏系统图上点击着打开了在四维空间的航线系统图，查看 0078 号黑洞飞船的航线路线。

只见航控系统屏幕上显示："一个紫色的光点正在一条四维时空通道中快速地往前移动着。"

N斯博士："嘿嘿嘿，飞船运行状况良好，我的计划顺利进行，很快就可以实现我统治整个银河系的心愿啦！"

说着，它低头沉思了片刻，抬起头来嘀咕道："嘿嘿，我来看看，那两个地球人到哪了？"他伸出手指点击太空监控屏幕上的另一个小窗口，视频画面上提示："位于地球的地心位置。"

N斯博士："他们竟然从星际时空通道穿越进入地心处了，哈哈，这下没有谁能阻止我侵占整个银河系的计划了！"

再说叶兰与周勇，他们正蹲在火堆旁用火烤着衣服。

叶兰蹲在火旁烤身上的湿衣服，冷得浑身直发抖："唉，想不到这里与地球的夜晚一样冷！"

周勇却光着膀子，把自己已烤干的衣服递给叶兰："冷吧，我的衣服烤干了，你先穿上吧！"

叶兰推开了他递过来的衣裳，摇了摇头，说道："不行，你也一样冷呀！"

周勇生气了，大声说道："可是我是男人，我的耐寒能力比你强！再不穿上，我可要生气了！"

最后，周勇用衣服包紧了叶兰的身子，生怕她受凉了。他自己则靠在火堆旁的一个大石头上睡着了。

迷糊中他们感觉洪崖兽将军出现了。

叶兰："洪崖兽将军，我们被卡沙的飞船甩在半路了！"

周勇："我们现在被困在一个未知的星岛，卡沙它们带着 M4 能量球离开，肯定是去破坏银河系了，我们现在该怎么办？"

洪崖兽将军："根据我们这边的太空系统图显示，你们现在所在的位置应该是地球的地心某处，准确地说你们是在地心某处的四维空间中。"

叶兰："啊，什么？我们穿越时空，到达地心的四维空间中去了？"

周勇："那我们可以自己变形出飞行器，赶去银河系拦截卡沙它们吧？"

洪崖兽将军："是的，你们可以变形，但是你们的能量不够，还是无法飞达银河系。"

叶兰："那我们现在该怎么办？"

洪崖兽将军："白矮星国王命令我与星辉公主前来接应你们。"

周勇与叶兰高兴得欢呼："哇，那太好啦！我们总算可以自由了！"

说着，他们高兴得从梦中醒了过来。

第十章／地心深处的晚餐

在白矮星王国，洪崖兽将军与星辉公主正走向一艘巨型的宇航母船，白矮星国王前来为他们送行。

白矮星国王递给他们四根能量腰带，说道："此次你们去太阳系，星途遥远，需要消耗巨大的能量，这是我最新研制的四根能量腰带，其中两根是你们的，另两根留给周勇与叶兰使用。"

星辉公主："父王您放心吧，我一定会把我的救命恩人安全救回来的！"

白矮星国王："你们的重要任务不只是要救回他们，更要防止卡沙利用 M4 能量球去破坏银河系，要夺回 M4 能量球！"

星辉公主："父王，如果我们实在夺不回 M4 能量球，怎么办？"

白矮星国王："我这里还有两颗最新研制的 M5 能量球。如果

实在夺不到 M4 能量球，你们可以利用一颗 M5 能量球把那颗 M4 能量球引爆！"

星辉公主："是，父王！"

洪崖兽将军："遵命！尊敬的王！"

在银河系黑洞的四维时空通道内，卡沙正驾驶着太空飞船，快速地前进着。他面前的电脑屏幕上显示，此次太空行程已走了一半。

不一会儿，屏幕提示："N 斯博士发来了太空电子邮件。"

卡沙打开了邮件。

N 斯博士在电子邮件中写道："卡沙，0078 号黑洞飞船运转一切正常吧？"

卡沙用语音回复："报告博士，一切正常。"

N 斯博士："很好，此次太空行程，已经过半，你顺利赶到银河系的 Y 黑洞出口后，立刻利用 M4 能量球启动宇宙能量大磁场，开通一条四维空间运输通道把太阳系的各个星球运送过来！"

卡沙："是，博士。我一定遵照您的指示去办！对了，那两个地球人现在怎样了？"

N 斯博士："他们在怪兽星岛上四处游荡，误打误撞进入了一个超速时空通道，现在已闯到地球的地心四维时空区里。"

卡沙："那太好了，等我们把银河系运过来，地球也就跟着运过来了，到时候再从地心处把他们救出便可。"

N斯博士："暂时先别去管他们了，一定要努力完成我交给你任务！"

卡沙："是，博士！"

在地心的四维时空区某处。

周勇与叶兰悠闲地坐在湖边用一根藤条钓鱼。他们并不清楚是什么原因让那些利齿鱼不再攻击他们了。

原来，那天他们一大早来到湖边后，两人做了一个实验，把卡沙送给他们的怪兽基因控制棒插入了湖水之中。哪知，湖里顿时翻滚了起来，利齿鱼在湖泊中痛苦地挣扎着，最后，最大的母鱼从湖中走上岸来，向他们摇头晃脑地求饶。

周勇："这些利齿鱼是怎么了？"

叶兰不解地嘀咕："它们是不是准备围攻我们？"

周勇："可是看它们那痛苦挣扎的样子，不太像哦。它们的叫声听起来很痛苦！"

叶兰："可是它们的叫声我也听不懂呀！"

周勇："我想它们一定是被我们的基因控制棒伤到了。"

叶兰："看来卡沙送给我们的这武器还真行，我们不妨让它们来陪我们玩玩。"

周勇："好办法，好办法！"

于是，只要那些利齿鱼准备靠岸攻击，他们便把怪兽基因控制棒放入湖水中，利齿鱼便会乖乖地向他们求饶。

他们像孩子似的，开心地恶作剧着。

叶兰："哈哈，真有趣！"

周勇："傻丫头，我们这样不是为了玩，是为了抵挡它们的攻击！"

叶兰："是的，如果不用基因控制棒对付它们，我们俩就要被它们吃了。"

那天下午，他们就一直这样与那些利齿鱼对峙着。

直到傍晚时分，那些利齿鱼才被他们折腾得失去了攻击他们的欲望，潜入湖水深处休息去了。

见利齿鱼下到湖底去了，周勇与叶兰想去附近的山上看看有没有野味，打算好好地享受一下地球的美食。

周勇："很久没有享用过食物了，我都不知道我还有没有胃口。"

叶兰："奇怪了，不知道这里是地球之前，我的肚子一点也不饿，现在知道了反倒是饿得肚子咕咕叫！"

周勇："可是这里是地心深处，我们能打猎到野味吗？"

叶兰："没关系，我们去碰碰运气吧。"

他们刚走入草丛间，便听到了"咕咕咕"的叫声。

周勇指着他们左边的不远处："快看，那里有一只奇怪的动物，有点像是野鸡。"

叶兰："哇，那'野鸡'的鸡冠怎么那么长，还长着三个的翅膀，两个头！"

周勇："长得好难看，我们还是不要抓它吧，要是吃了中毒了，可就惨了！

叶兰想了想大声地说道："不行，我肚子好饿哦！"

周勇蹑手蹑脚地走到那只像"野鸡"的动物身后，身子往前一扑。不料，那"野鸡"左边的头扭过来发现了他。

"野鸡"飞扑过来，啄向了周勇的身子，疼得他尖叫着逃跑了。

周勇："哎哟，疼死我了，叶兰，这'野鸡'我抓不着呀！"

叶兰："真笨，让开，看我的！"

周勇应声退到一旁，叶兰从腰间抽出了那根怪兽基因闪光棒朝那"野鸡"一指，按下手中的按钮，一道绿光"唰"地射向了"野鸡"，只听"呱"的一声，那只"野鸡"便应声倒下了。

周勇："果然厉害！"

叶兰："快去捡'野鸡'！"

周勇先是目瞪口呆，再是竖起大拇指赞叹道："关键时刻，还是你厉害！"

说着，他们抓着"野鸡"下了山。

来到湖边，他们拔净了"野鸡"的毛，去掉了内脏，接着在山坡上挖了一个洞，用宽大的树叶把"野鸡"给包裹起来，放入土坑洞中，并在上面烧起了一堆柴火。

没多一会，叶兰欢呼了起来："我闻到野味的焦香了，快拿出来吃吧！"

　　周勇笑着调侃叶兰："疯丫头，看把你给馋得！"

　　叶兰："好不容易才吃上一顿地球美食，我早就等不及了！"

　　周勇把柴火给移到一旁，拨开了上面的松土层，取出了那只树叶包裹着的野鸡来。

　　叶兰馋得直流口水地说道："太好啦，很快就可以吃了！"

　　周勇："且慢，让我来看看哪些可以吃，哪些不可以吃。"

　　叶兰："还研究什么呀，让我来分吧，我们一人分一边！"

　　周勇："不行，那不公平！"

　　叶兰："那要怎么分呀？"

　　周勇："这样吧，你吃鸡腿、鸡翅、鸡身子……"

　　叶兰一脸诧异地望着他问道："不会吧，那你吃什么呀？"

　　周勇："嘿嘿嘿，我吃鸡头、鸡脚与鸡屁股便可。"

　　叶兰："哈哈哈！"

　　周勇："疯丫头，笑什么，有什么好笑的？"

　　叶兰："你可真是饥不择食！"

　　周勇把野鸡的一只大鸡腿撕了下来，递给了叶兰："别傻笑了，快趁热吃吧！"

　　叶兰撕下了一个大翅膀，递给了周勇："嘻嘻，你也吃一个鸡翅吧。"

　　周勇开心地接过来，吃下了肚。

　　叶兰望着周勇，问道："怎么样，味道不错吧？"

　　周勇："嗯，很好吃呀，味道不错哦，你干吗不吃？"

叶兰调皮地笑道："还是你先吃吧，要是你中毒了，我还能救你，要是我们两个都中毒就完蛋了！"

周勇："好呀，你这丫头，还挺机灵的。"

叶兰："嗯，那当然了，我得为咱们的安全考虑嘛！"

周勇吃完一个大鸡翅，又拿起另一块鸡肉，边吃边说道："嗯，那我再吃一块试试，等我试吃完了，你就没什么可吃啦，哈哈！"

叶兰："大馋猫，原来你比我还好吃呀，那我也开吃啦！"

周勇把那个大鸡腿塞到她的嘴里，笑道："小馋猫，快吃吧！"

叶兰："嗯，太好吃了，还是回到地球好！"

周勇："那当然了，对了，你想没想过再回家去看看？"

叶兰："等我们夺回 M4 能量球后再说吧，如果我们这次不能阻止卡沙的行动，那整个太阳系就完蛋了，到时候哪里还有家……"吃完后，他们便坐在树下休息了一会。

叶兰倚着周勇的肩膀，天真地问道："等回去后，咱们会不会还像现在这样，每天在一起聊天？"

周勇："傻丫头，回去以后你就是我的老婆了，聊天还不简单吗。"

周勇："我有些困了，我们早点休息吧。"

叶兰："好吧，我们赶紧铺床去！"

他们取了一些柴草过来，在地上铺上了一层，周勇把他的大外套铺在上面。

周勇："咱们的大床铺好了，请休息！"

叶兰："那你睡哪里呀？"

周勇："你睡里面，我睡外面呀！"

叶兰："那不行，你另打一个地铺吧！"

不一会儿，他们都进入了香甜的梦乡。

朦胧中，他们见洪崖兽将军与星辉公主一起朝他们走来。

叶兰兴奋地问道："你们现在到哪了？"

星辉公主："我们已经在路上了，很快就赶到银河系了。"

洪崖兽将军："你们明天先变一个替身留在地心深处，再从地心处的利齿鱼湖底深渊穿出后就到了地球的百慕大海域。"

周勇："嗯，好的！"

叶兰："太好了，期待很快就能见到你们！"

星辉公主："明天见！"

第十一章
穿越地心拯救银河系

　　周勇与叶兰一觉醒来后，发现天已亮了。他们利用分身光能棒施展了隐形分身术，各自变了一个假的自己留在地心深处生活，而真正的自己隐身往利齿鱼湖边走去。刚一下水，他们利用学会的变形术变形成了两条小利齿鱼灵活地往湖底游去。

　　周勇变形成一条青色的利齿鱼，而叶兰则变形成了一条银色的利齿鱼。

　　青色利齿鱼："叶兰，我怎么感觉这水很冰凉?"

　　银色利齿鱼："可能是这湖底有沉冰吧!

　　青色利齿鱼："快看! 那是什么?"

　　叶兰所变的银色利齿鱼往那边一望，惊呼了一声："啊，那是巨大的海底木板怪兽鱼!"

青色利齿鱼："怎么，你认识这种怪兽鱼?"

银色的利齿鱼："嗯，我以前在一本《百慕大未解之谜》的书上看到过这种怪兽鱼的资料，它们能一口把一条超大的鲨鱼给吞了，而且它们游经的海域，水温会急骤下降!"

青色利齿鱼："哦，怪不得刚才的水温那么低了。"

银色利齿鱼："原来它们也是生活在地心深处!"

青色利齿鱼："我们赶紧往下游去，穿过这湖底，我们就到达百慕大的海域中了!"

很快，百慕大海域的马林鱼越发增多了。

周勇所变的青色利齿鱼："快看，上面有很多马林鱼!"

又往下游了一阵，叶兰所变的银色利齿鱼惊喜地说道："那边有百慕大刺蝶鱼!"

青色利齿鱼："哇，真美，还自带闪光彩灯呢!"

突然，他们发现了另一种奇怪的鱼："哦，看左边，有百慕大蓝纹神仙鱼哦!"

往前游了没多远，他们又看到了很多的百慕大淡水鳔形鱼。

青色利齿鱼："看来，我们该变形成 USO，以免被捕鱼的渔船把我们捕走!"

银色利齿鱼："好的，马上准备变形!"

说着，水中的他们倏地一翻身，变成了两名身着紧身太空服的白矮星岛的太空战士，各自按下能量腰带上的按钮后又施展起了能量变形术，只见水中翻起一阵银色的浪花，一艘银色雪茄状的外星 USO 潜水器出现在了水中，快速地往水面上浮游而去。

周勇与叶兰进入了 USO 驾驶舱内。

周勇："准备快速减压上浮，去海面等星辉公主和洪崖兽将军的飞船前来接应！"

叶兰："是，上浮 500 米，上浮 1000……上浮 9500 米……"

周勇："太好了，很快就可以浮到海面了！"

叶兰："糟了，前方不远处的水域中有地球货轮！相距 800 米……相距 500 米！危险！"

周勇："别紧张，马上下潜！"

货轮上的人惊呼："快看，那是什么？啊，快撞上了！"

眼见着那艘雪茄状的 USO 潜水器，就要撞上水面上的一艘大货轮，却突然往下潜钻而去，躲闪开了那艘货轮。

货轮上的人余惊未了地感叹道："啊，好大的 USO！快得惊人！"

USO 潜水器内，周勇与叶兰也直擦着额头的汗水！

周勇："刚才好险！"

叶兰："看来，我们得小心驾驶了！"

这时他们的耳机里，传来了洪崖兽将军的呼叫声："周勇、叶兰，我们已来到了百慕大上空，你们搜索我们的所在方位，准备起飞！"

周勇："收到！"而后，扭头对叶兰说，"你搜索方位，我准备飞行模式！"

叶兰："是，搜索完毕，已锁定白矮星号母船所在位置，准备起飞！"

周勇："变形——启动飞行模式——起飞！"

操作光能命令之后，雪茄状的 USO 已上浮到水面，变成了长条形的 UFO 飞行器，并快速地从海面飞起，飞向了蔚蓝色的空中。

周勇望着窗外说："哇，天空万里无云，今天的天气可真好！"

叶兰略显遗憾地说："还是地球最美，只可惜我们这次只是匆匆过客！"

周勇充满期待地说："等我们阻止了卡沙它们的危险行动后，就可以回到地球过和平日子了！"

而此时，在下面蓝色海面上的一艘军舰上，一名海军正指着空中 UFO："快看，那里有 UFO 飞行器！"

海军乙："啊，它是从海里飞跃出来的！"

海军丙："快看，在上面的空中，有一艘更大的母船在等着它呢！"

军舰驾驶员："糟糕，军舰的仪器停止了转动！无法前行！"

周勇驾驶的那艘银灰色的 UFO，"唰"地飞入了上空中悬停着的巨大的母船中。

母船随即飞起，消失在海军的视野中。

而此时，在母船内，周勇与叶兰驾驶的变形飞船在跑道上滑翔了一段后，便停了下来。

当他们乘降落旋梯从飞船上下来时，见到洪崖兽将军与星辉公主已等候在那里了。

　　周勇走向前去，与洪崖兽将军来了一个豪迈的拥抱，叶兰走上前去与星辉公主来了一个欢欣的拥抱。

　　周勇："又见到你们真是太高兴了！"

　　叶兰："谢谢你们帮我们解除了困境，要不我们还被困在原地呢！"

　　星辉公主："你们俩太客气了，你们把我从 N 斯博士的监狱中救出来，我还没来得及感谢呢！"

　　洪崖兽将军将军："好了，都别客套了！现在我们的主要任务是阻止卡沙它们的这次行动。我们赶紧准备搜索他们的飞船现在到哪了。"

　　"是！"大家各就各位，坐在太空系统电脑前搜索卡沙的飞船位置。

　　这时，卡沙驾驶的飞船快速穿越在黑洞四维空间时空隧道中，正与 N 斯博士进行视频聊天。

　　N 斯博士："卡沙，加油，还有最后一段航程，前面很快就到银河系的 Y 黑洞出口处了！"

　　卡沙："是！我一到 Y 黑洞的出口，就按博士您的指示去办！"

　　N 斯博士："好的，你到达时启动宇宙能量磁场，开通黑洞四维时空通道，把整个太阳系运送过来！"

　　卡沙："博士，那我们先运送哪颗行星？"

　　N 斯博士："当然是地球了！"

　　卡沙："遵命，博士！"

在银河系内距离太阳一光年的某太空位置，洪崖兽将军驾驶的白矮星号巨型母船内，星辉公主已从太空系统图上搜索到了卡沙的 0078 号黑洞飞船所在的位置："目标锁定，请洪崖兽将军定位其所在空间位置。"

洪崖兽将军："查询结果出来了，他们很快就到银河系 Y 黑洞的出口处了，我们现在立刻赶往那里！"

说着，白矮星号巨型母船调转了方向，往银河系的 Y 黑洞的出口处飞去。

当白矮星号巨型母船飞到 Y 黑洞上面的太空中时，洪崖兽将军启动了母船的隐形模式，不见了踪影。

果然，没过多久，只听见一阵"轰隆隆"的声响后，从银河系的 Y 黑洞的出口处，飞蹿出了卡沙驾驶的 0078 号黑洞飞船！

卡沙把飞船停在 Y 黑洞外，启动了能量阀门，准备利用能量储存器内 M4 能量球的能量，制造一个巨大的宇宙能量磁场。卡沙在操纵系统前开启了飞船的能量阀门，并利用 M4 能量球的能量启动了脉冲和非脉冲器，系统屏幕上显示着脉冲线络图。

脉冲点火成功后，飞船的周围倏地形成了一个巨大的磁场。随后，整条飞船被一团紫光笼罩着，继而转变成紫色的能量磁场，快速地旋转着。慢慢地，这个紫色的 M4 宇宙能量磁场越转越快，越转越大！

这时，从下面的 Y 黑洞中产生了一股螺旋状的巨大引力，与上面的这个巨大的能量磁场融合，形成了一个漩涡状的巨大宇宙能量磁场。

它产生的巨大引力，竟然能将恒星从附近的恒星团中"拽出"，并被宇宙能量磁场的引力拉拽着往下边的更巨大的宇宙能量漩涡磁场中飞撞而去！

"糟了，Y黑洞附近运行的恒星，陷入了一条混乱的运行轨道！"

"啊，危险！快启动拯救程序！"在白矮星号巨型母船内，负责观测的叶兰与周勇，惊慌失措地说道。

星辉公主："等等，先别着急！"

洪崖兽将军："冷静，镇定，我们自有办法解决！"

在0078号黑洞飞船内，卡沙与N斯博士在视频商量下一步的行动。

卡沙："N斯博士，能不能先运送太阳过来？"

N博士："不行，你得先把地球运送过来，我要请T博士来N斯城堡做客！"

卡沙："好的，那我来改变能量磁场的运转方向，把地球先吸拽进来！"

N斯博士："很好，继续努力，我们很快就要成功了！"

说着，卡沙又启动了脉冲与非脉冲器，并改变了M4宇宙能量磁场的运转方向，而后，那个巨大的能量磁场的吸拽力方向就对准了太阳系的地球！

那颗蓝色地球被吸拉着，往银河系的Y黑洞口处飞去。随

后，太阳、月球、土星、火星也各自被拽离了轨道，往银河系的
Y 黑洞方向飞去。

这时，地球陷入了一片混乱的困境……

飞机在空中迷失了方向，发动机停止运行，飞坠而下；火车
失去了信号，眼见着就要迎面相撞！

轿车、货车、大巴车在公路上东摇西晃，撞到了一起。

就在地球将要被巨大的宇宙能量磁场吸拽入黑洞时，白矮星
号巨型母船上，洪崖兽将军与星辉公主开始了实施拯救行动！

洪崖兽将军下达命令："拯救行动开始！"

星辉公主启动了能量控制装置："是！启动 M5 能量球，能量
运转！"

洪崖兽将军启动了脉冲阀门："能量释放！"

在隐形的白矮星号巨型母船的底部，发射出了一股巨大的红
色 M5 能量，向下面巨大的 M4 宇宙能量磁场冲击！

卡沙直惊呼："啊，哪里来的超强异能量！糟了，不，不！"

两股巨大的能量，在宇宙磁场中对峙了一阵后，红色的 M5
能量流占了上风，渐渐地控制住了 M4 发出的巨大的能量磁场。

之后，蓝色的地球被一股红色的 M5 能量流给拉拽着，从黑
洞的出口处向原来的运行轨道而去！

地球上的一切，逐渐恢复了正常，各国的抢险队和医疗队，
开始进行紧急抢救。

在白矮星号巨型母船上，星辉公主他们正在欢呼庆祝："地
球和太阳系的其他行星又恢复了原来的运行轨道！太好啦，困境

解除了!

在黑洞 N 斯城堡中，N 斯博士坐在电脑前，一脸震惊，呆滞地望着屏幕。屏幕上星座系统图显示，太阳系的恒星与各行星都已恢复到正常的轨道上。

"失败了，彻底失败了! 天哪，是我的程序有错误，还是对手太强大了?"N 斯博士一脸颓然地嘀咕道。

可是，卡沙与 N 斯博士会善罢甘休吗? 它们会有什么更大的阴谋呢?

第十二章

星际追击

N 斯博士坐在系统电脑前，卡沙发来了视频向 N 斯博士请罪。

卡沙："对不起！博士，我们的宇宙能量磁场被一股巨大的异能量给破坏了！"

意料之外，N 斯博士并没有生他的气，却说道："这不能怪你，是我们的对手太强大了！"

卡沙："博士，我估计它们的巨型母船还隐形在这附近，可我们无法搜索到它所在的具体位置！"

N 斯博士："你把 0078 号黑洞飞船隐藏在黑洞的入口内，趁其现身时跟踪其母船！"

卡沙："是，博士！"

而在白矮星号巨型母船上，洪崖兽将军与星辉公主、周勇、叶兰他们正在协商下一步行动！

星辉公主："洪崖兽将军，困境解除了，叶兰与周勇可以回地球了吧？"

洪崖兽将军："可以，但是我们的母船没法送他回地球。"

星辉公主不解地问道："为什么呀？"

洪崖兽将军："如果我猜得没错的话，卡沙它们的飞船肯定潜伏在黑洞口，我们的母船一旦去地球就会被它们发现并跟踪！"

叶兰："既然这么麻烦，那我们施展光能变形术，变形成隐形飞行器回地球吧！"

洪崖兽将军："嗯，这办法倒不错！"

周勇："可是，如果我们无意中被它们跟踪了，怎么办？"

洪崖兽将军："那你们就不能去地球了，否则他们的主要攻击目标就是地球了！"

叶兰："您的意思是到时我们必须改变航线，去别的星系？"

洪崖兽将军："是的，你们可以先引它们去别的星系，之后再与我们联络！"

星辉公主："你们放心吧，无论你们去哪个星系，我们都会联络上你们的！"

周勇："好的，谢谢你们！"

星辉公主端着一个放着一蓝一红两根能量腰带的长方形盘子走向他们，说道："这是我父王送给你们的新能量腰带！"

周勇、叶兰一齐说道："谢谢白矮星国王！以后，我们一定还会再去拜访白矮星国王！"

星辉公主欣喜地说道："好的，欢迎你们回白矮星来做客！"

叶兰："那我们出发了！"

周勇："再见，后会有期！"

星辉公主恋恋不舍地望着他们："但愿我们在不久的将来，还能再见面！"

说着，周勇与叶兰两人便系上了能量腰带，利用能量腰带的光能量施展起了飞形器变形术。

周勇、叶兰："能量变形，白矮星飞船！"

两股银色光能量自他们腰间的能量腰带上射出，变形成了一艘白矮星光能量飞船！

叶兰："变形完成！"

而后，身着光能太空服的叶兰与周勇，挥手向星辉公主与洪崖兽将军告别，之后走向了光能量飞船，启动了光能量飞船的隐形模式。

周勇："报告洪崖兽将军，飞船的隐形模式已启动！"

洪崖兽将军按下了白矮星号巨型母船的飞船发射舱的按钮："发射！"

周勇他们驾驶的隐形白矮星光能飞船从母船上发射而出，飞入了茫茫的太空之中。

在隐形于黑洞口内的 0078 号黑洞飞船上，卡沙与视频监控器那边的 N 斯博士，正在紧张地监控着附近的这片太空领域。

N 斯博士："卡沙，你反复搜索异星球的 UFO 信号，千万别放松!"

卡沙:"是,您那边能遥感搜索吗?"

N斯博士:"我刚换了一套'遥感太空UFO搜索系统程序',是你那套的升级版,我这边的搜索跟踪效果比你那里的还要好!"

卡沙:"博士英明!"

突然,它们面前的屏幕上"沙沙沙"地模糊了一下。

卡沙的屏幕上显示了N斯博士的提醒:"听着,卡沙,注意你左上角的太空位置,那里有一小型的隐形飞行器在运行!"

卡沙立即启动"智能UFO搜索引擎",总算发现了一个微小的UFO隐形模式的信号——银色圆光点正往银河系的边缘地带运行而去!

卡沙:"博士,我看到了,它正往银河系的边缘地带运行!"

N斯博士:"那里是地球,它应该是要去访问地球,赶紧跟踪过去!"

卡沙:"遵命!"

N斯博士略带怀疑地说:"可能那艘UFO飞行器内是叶兰与周勇他们?如果是的话,刚才与我们的M4能量磁场相对峙的,一定是白矮星的外星能量了!"

卡沙:"那我们现在怎么办?"

N斯博士:"跟踪前往,一定要查个水落石出!"

卡沙:"遵命,马上行动!"

卡沙驾驶的0078号黑洞飞船,飞出了黑洞,追踪着前面的UFO飞行器的运行轨道。

而在白矮星号巨型母船内，正在监视黑洞口处的洪崖兽将军欣喜地说道："果真不出我所料，它们没有返航黑洞星岛！"

星辉公主仔细看着飞船上显示的太空航线追踪和监控视频："它们追踪周勇和叶兰的飞船往地球的方向赶去了，将军，现在怎么办？"

洪崖兽将军："通知周勇改变航线，往银河系的 Gliese 581 行星系飞去，要不地球要遭殃了！"

星辉公主启动了光能心语通信系统，并向周勇与叶兰发去了光能心语信息："卡沙的飞船已跟踪过来，你们赶紧改变航向！"

周勇用心语问道："那我们现在赶往哪里？"

星辉公主："往天秤座 β 星以北约 2 度的红矮星 Gliese 581 行星系的方向飞行，以免被它们毁坏地球！"

叶兰："是，我们马上改变航线！"

后面跟踪的卡沙见目标转移了航向，向 N 斯博士请示。

卡沙："N 斯博士，目标转变了航向，往银河系的另一个方向飞去了。我们还要跟踪吗？"

N 斯博士："当然要跟踪，你们跟紧了，直到查清它的真正用意！"

卡沙："是，N 斯博士！"

而在叶兰他们的白矮星飞船上，周勇与洪崖兽将军继续进行着光能心语信息交流。

洪崖兽将军："快启动光速系统，甩掉它们！"

周勇："是，将军！"

叶兰与周勇照指示启动了飞船的光速系统，快速地往前面的太空冲刺而去。

后面跟踪的 0078 号黑洞飞船上的卡沙着急了。

卡沙："博士，他们启动了光速系统，我们的能量贮存器内，还有部分 M4 能量球的能量，我们是否也可启动光速系统?"

N 斯博士："可以启动光速系统，不用担心，我之前已复制了一颗 M4 能量球在虚拟能量系统中。"

卡沙："遵命!"

在那艘白矮星小飞船内，叶兰与周勇正有条不紊地驾驶着飞船航行。

叶兰："根据计算结果，如果我们按 10 倍光速前进，得 3 年才能赶到 Gliese 581 行星系!"

周勇："那不行，太慢了! 我们得加快速度，在 3 小时内赶到，这样才能远远地甩掉卡沙的跟踪!"

叶兰："如果是 3 小时，那得把我们的飞行速度加快成光速 100 倍才行!"

周勇："好的，那就加快 100 倍!"

他们的飞船，顿时像银光箭似的飞窜而去!

这可急坏了 0078 号黑洞飞船内的卡沙。

卡沙盯着航控系统屏幕："天哪，目标那么快，不会是我的眼睛看花了吧!"

N 斯博士在左边的视频中显示，提醒它："赶紧锁定目标的航线轨迹，然后加速前行!"

卡沙："可是，博士，目标的能量比我们要强很多！他们的速度，我们没法跟上！"

N斯博士："锁定目标运行轨道，跟上去把他们给我抓回N斯黑洞城堡！"

卡沙："我拼命加速，拼命跟！"说着，便把速度调快到了光速的80倍！

卡沙："这是极限了，再超速，能量不足，虚拟能量箱爆炸，就要坠毁了！"

而在它们的前面，叶兰与周勇他们驾驶的飞船已快到达Gliese 581行星系。远远地，他们在太空系统屏幕上看到了6个行星点。

周勇："Gliese 581行星系一共有6颗行星，我们选择哪颗行星降落？"

叶兰搜索了太空系统图，看后说道："Gliese 581c行星是一颗类似地球、适合生物居住的行星，我们就在那颗行星上降落吧。"

周勇："好的，选定降落目标星球！"

叶兰："锁定Gliese 581c行星，设定降落模式，开始降落！"

只见一颗类似地球的蓝色行星在他们的眼前越来越大，越来越大，他们所驾驶的白矮星光能飞船往蓝色星球俯冲降落而去。越来越逼近时，四周能看到很多奇异的树木。

叶兰与周勇的飞船降落在的一片空旷的山谷平地上。他们换上了紧身太空服，刚下飞船的旋梯，就见到下面的草坪地上有很多奇异的绿色小蜥蜴，在附近的树枝上爬来跳去的，仿佛正欢快地玩耍。

周勇："奇怪了，这边的蜥蜴，怎么小得像我们地球的壁虎似的?"

叶兰走过去，望了望说："好可爱哦，我看它们的身子长得更像可爱的毛毛虫!"

周勇："小心，别碰它们!"

在他们的身后，走来了一只长着娃娃鱼状身子，青蛙模样的头头，鼓眼睛的爬行生物，"呱呱呱"地朝他们叫着。

叶兰："哇，好可爱的蛙鱼兽!"

叶兰正准备蹲下身子，很有爱心地去摸它。周勇在一旁阻止道："别摸它，小心它攻击你!"

叶兰往后退了两步，一脸诧异地望着周勇，仿佛在问他："干吗大惊小怪，怕这怕那的?"

周勇回复道："这里不是地球，我们得处处小心!"

往前走了没多远，周勇突然指着空中的一个火球说道："快看，这里也有一个红色的太阳!"

叶兰惊喜地说道："哇，原来这就是红矮星呀，看起来要比太阳大多了，颜色可真美!"

周勇："你怎么了解那么多呀?"

叶兰："那当然了，我可是太空迷呀!"

周勇："我们四处走走，看看这附近有没有外星人。"

说着，他们转身往后面不远处的一片山地走去。周围的草坪

地上，茂盛地生长着很多奇异的刺球花。

叶兰："奇怪了，这儿怎么长着很多的刺球花?"

周勇："可能是这儿的气候太热，只适合这类花草生长。"

他们又好奇地往前走了一段，又发现一块菜地状的地里，碧绿的藤蔓上生长着很多的像葫芦状的瓜。

叶兰欢快地奔上前去，走入菜地中摘下了一个瓜，发现瓜上有一个柄盖，她正准备拔掉柄盖，耳边却忽地响起了一声"呜哇"的怪叫，他们扭头一望，只见从前面的石林丛中，窜出了一个半人高的蜥蜴族人，愤怒地朝叶兰扑了过来。

叶兰手里拿着瓜，好奇地问蜥蜴族人道："这瓜可以吃吗?"

可那蜥蜴族人却不搭理她，飞奔过来，"呜哇"地怪叫着，扑咬向了叶兰。

一旁的周勇，飞腿踢开了蜥蜴族人。

周勇："叶兰，我们快跑!"

叶兰把手里的瓜往地下一扔，拉着周勇往前面高耸的怪石林深处跑去。

哪知那个蜥蜴族人，仰天"呜嗡——呜嗡——"地怪叫了几声后，从四周的石林中，又窜出了很多褐色的蜥蜴族人。

"呜哇! 呜哇!"那些蜥蜴族人怪叫着、奔窜着，凶猛地往前飞奔追赶叶兰与周勇。

叶兰惊慌失措地说："啊，那么多都追来了!"

周勇拉着叶兰，拼命往前跑："别回头看，快跑!"

第十三章
Gliese 581c 行星探险

周勇与叶兰扭身往他们停飞船的方向跑去。

往前跑了一段，叶兰又忍不住回过头来一望，发现身后的大道上，密密麻麻地跟来了一大群褐色的蜥蜴族人，她惊呼："哇，这么多的蜥蜴族人！"

周勇："快跑，要是被它们给追上，我们就完蛋了！"

他们跑到飞船跟前，从旋梯上了飞船，而后快速启动了飞船，腾空而起。

他们低头望去，见地面上的那些褐色的蜥蜴族人飞速地奔窜着，齐刷刷地追了过来，并朝上面的飞船怪叫着从口中喷射出了一束束褐色的汁液柱。

有几个凶猛的蜥蜴族人，顾长的身子跳跃着想去抓飞船！

还有几个高大的蜥蜴族人，朝空中的飞船抛去了带长钩的绿色绳索，企图用绳索绑住飞船并把它拉下来！

叶兰从监控屏幕中发现：那些怪异的绳索，像绿色的长蛇似的，从四周涌上了飞船。

叶兰惊慌失措地说："啊，糟了，飞船被它们的绑住了！"

周勇："快启动飞船的隐形模式！"

"好的，启动隐形模式！"叶兰启动了飞船的隐形模式，只见一道银光一闪，飞船便从下面蜥蜴族人的眼中消失了，那些绿色的像长蛇一样涌动着的绳索，从空中掉落了下去。

"唉，让它们跑掉了！"蜥蜴族人望着空荡荡的空中，懊恼地嘀咕道。

"快速升高！"周勇与叶兰赶紧驾驶着飞船，往高空中飞去。

叶兰取下了太空服的头盔，余惊未了地擦拭着额头上的汗水："刚才好险，差点被它们拉下去了！"

周勇："嗯，如果被它们拉下去，咱们就要成了它们的腹中美餐了！"

叶兰："对了，我们现在准备去哪里？"

周勇："卡沙一定已跟踪我们的飞船太空轨道追过来了。"

叶兰："那我们是离开这星球，还是先去这个星球的另一个地方躲躲？"

周勇："我们必须打败卡沙它们才能回地球，否则，它们跟踪去地球，到时地球人可就遭殃了！"

叶兰："那好吧，我刚才搜索了一下，在 Gliese 581c 行星上，有一面是红矮星照射不到的，那里一年到头光线阴暗，不如我们先去那边，等卡沙过来后再寻机与它决战！"

周勇："嗯，想法不错。我们现在就去那里吧！"

说着，他们的飞船，便往 Gliese 581c 行星的暗面飞行而去。

而此时，卡沙向 N 斯博士请示："N 斯博士，他们的飞船去了 Gliese 581c 行星，我们还要继续跟踪去吗？"

N 斯博士："去，你一定要去！"

卡沙："为什么呀？"

N 斯博士："因为在那颗星球上，有一颗蛇蜥能量球，那是一颗超强的宇宙能量球。在那颗能量球里聚集着这个星球上所有外星生物的能量，你们一定要去把那颗蛇蜥能量球找到！"

卡沙："遵命，博士！"

叶兰与周勇驾驶的白矮星光能飞船，降落在 Gliese 581c 行星的暗星球面的一座陡峭石崖顶的平地上。他们选择这么险峻的地方降落是因为害怕又碰到一些外星人袭击他们。

他们各戴着一副夜光眼镜，走下了飞船。

四周一片漆黑，天空中有几颗超大的星星闪耀着。

叶兰抬头望向空中："哇，这里的夜色好美呀！"

周勇指着空中说道："嗯，是的。深蓝色的夜空，看起来与地球的夜空差不多。不同的是，这里的星星看起来要大很多！"

叶兰："可是，这里一年到头都是黑夜哦！"

周勇："没关系，我们有夜光眼镜，去哪里都会很方便的。"

他们正说着，却听见"啊呀"一声惊呼从左边的石崖上

传来。

他们循声望去，只见下面不远处的悬崖上，一个长条形身子的外星人正拽着一根绳子在攀登悬崖。

叶兰指着那边："快看，那有一个青色皮肤的外星人在攀登悬崖！"

周勇："看它那样子，好像是刚才在攀悬崖时不小心摔下去了。"

叶兰："那我们要不要救它上来？"

周勇："疯丫头，我们刚刚才被外星人追捕过，你还没长记性？"

叶兰："可是，我们也不能见死不救吧！"

叶兰说着便挥手抛出了一根绳索，把那个外星人从悬崖下拉了上来。

周勇："唉，率直的疯丫头，真拿你没办法！"

可是，外星人一被拖拉上悬崖，叶兰不由得大吃一惊——原来，那外星人是一个蛇族人。

只见它浑身披着青色的蛇皮，头顶上长着一颗小蛇头，身后有一个长长的蛇尾巴，不同的却是长着一张类人的英俊的脸，而且是站着走路，有一双修长的腿与青蛙状的蹼脚板。

蛇族人一上来，便把奇异的手放到胸前，朝叶兰行了一个感谢礼，仿佛在说："谢谢您救了我！"

叶兰平时最害怕蛇了，吓得直往后退了两步，惊诧地问道："你说什么？"

　　蛇族人走过来，拉住她的手"呜里哇啦"地怪叫着，仿佛叫他们去一个地方。

　　叶兰感觉它的手冰凉冰凉的，吓得直往后退缩了两步，惊慌地说道："周勇，我们快跑！要是被它拖去蛇洞中吃掉了，咱们就完蛋了！"

　　周勇："可是，它看起来并没有恶意，我们不妨过去看看！"

　　叶兰："可是，我们听不懂它说什么呀？"

　　周勇像突然想起了什么似的说道："对了，我们的飞船上，不是有两个异星语言翻译耳机嘛，我去拿来，我们就能听懂它说什么了！而且，我们所说的话，翻译器也会帮我们翻译成它们的外星语言。"

　　叶兰："嗯，这办法好，快去取吧！"

　　周勇很快就从飞船上取来了耳机。

　　戴上翻译器后，他们听见外星蛇族人用沙哑的声音说道："你们别担心、害怕。我是为了感谢你们，所以才请你们去我们蛇族人部落做客的！"

　　叶兰一听蛇族，吓得浑身直起鸡皮，额头直冒冷汗地说道："什么？去蛇族人部落！？"

　　周勇也一脸不情愿地说："谢谢您的热情，我们实在不方便去打扰你们的族人！"

　　蛇族人："但是，如果你们不去的话，会后悔的！"

　　周勇一脸惊诧地问道："会后悔？为什么呀？"

　　蛇族人："因为在我们蛇族人部落中，只有敌人才不敢去我

们的部落做客！"

叶兰："啊，敌人？！"

蛇族人："所以你们如果不去的话，就是我们的敌人，那你们的处境就危险了！"

周勇："啊，原来是这样呀！"

叶兰："那你们对敌人怎么处罚？"

蛇族人："我们一般会用我们的蛇身或蛇尾来对付敌人，下场很惨！"

叶兰与周勇听得额头直冒冷汗地："啊！真可怕！"

叶兰："那请先稍等，我们商量一下后再做决定。"

蛇族人："你们是我的救命恩人，根本就不用担心什么，去蛇族人部落后，我会保护好你们的！"

叶兰点了点头便把周勇拉到一旁去商量。

叶兰："我们到底要不要去呀？"

周勇："你都听到了，如果我们不去它们部落做客，那我们的处境就会很危险了，所以我看还是去吧！"

叶兰："嗯，看来也只能这样了！"

于是，他们便把光能太空飞船隐身了起来，与蛇族人一起走了。

那蛇族人领着他们走入了一片怪石林中，四周透露着阴森恐怖的气氛，偶尔会有一些奇怪的藤蔓伸出枝条，在他们的脸上撩来撩去的，让叶兰以为是蛇在偷袭她。

叶兰："啊，蛇！"

周勇应声扭头一望："别怕，只是一根藤蔓而已。"说着，他牵着叶兰的手往前走去，而蛇族人在他们的前面带路，引着他们走入了一个怪石嶙峋的山石洞中。

卡沙驾驶的飞船也到了 Gliese 581c 行星上，它的 0078 号黑洞飞船刚准备降落便见一大群蜥蜴族人包围了过来。

卡沙在半空中见此情景，灵机一动，把自己变形成了一个紫色的蜥蜴族人，并命令后备舱里的怪兽兵都变形成了蜥蜴族人。

飞船刚一降落到地面上，它们便戴上了太空语音翻译耳机，便用蜥蜴族人的语言与其打招呼。

卡沙所变的紫色蜥蜴族人朝它们身前的褐色蜥蜴族人群招呼道："嗨，你们好，我是从 Kepler－22b 星球赶来的外星访客卡沙，很高兴认识你们！"

Gliese 581c 行星上的蜥蜴族人部落首领走了过来，耸动着双肩，张牙舞爪地问道："你们是不是想入侵我们的星球？"

紫色蜥蜴族人（卡沙）："不，我们是来帮助你们的，你们的星球即将面临一场大灾难，我们来帮助你们解除灾难！"

蜥蜴族人部落首领："能详细说明一下吗？我们的星球即将面临什么灾难？"

紫色蜥蜴族人（卡沙）："在很久以前，一些异星球人在你们的星球上埋下了一颗蛇蜥能量球！"

蜥蜴族人部落首领："埋下了蛇蜥能量球？它们的目的是什么？"

紫色蜥蜴族人（卡沙）："他们的目的就是在几万年后，引爆

那颗蛇蜥能量球，把这个星球上所有的居民消灭，侵占这个星球！"

蜥蜴族人部落首领恐慌地问道："啊，那我们现在要大难临头了？"

紫色蜥蜴族人（卡沙）："你们不用担心，我们这次是受银河系安全总部之托，来帮助你们解除困境的！"

蜥蜴族人部落首领："你们打算怎么帮助我们？"

紫色蜥蜴族人（卡沙）："帮你们找到那颗蛇蜥能量球，然后把它带入黑洞中销毁！"

蜥蜴族人部落首领："可是你们知道那颗能量球在哪吗？"

紫色蜥蜴族人（卡沙）不解地问道："难道那颗能量球不在你们的部落？"

蜥蜴族人部落首领摇了摇头，说道："我从未见过这颗能量球！"

紫色蜥蜴族人（卡沙）有些失望地问："啊，真的没有？"

蜥蜴族人部落首领："你们有所不知，我们的星球上还居住着另一个蛇族人部落，如果我猜得没错的话，那颗蛇蜥能量球一定隐藏在它们的部落中！"

紫色蜥蜴族人（卡沙）："那个部落在哪里？你们快带我们去吧！"

蜥蜴族人部落首领一脸无奈地摆了摆手说道："抱歉，我们不能带你们去，因为很多年前，我们的祖先曾与它们的祖先因为一颗能量球发生过一场战争。战争过后，那颗能量球就下落不明了，而蛇族人部落便主动迁去了黑暗的北半球！"

紫色蜥蜴族人（卡沙）想了想，肯定地说道："嗯，如此说来，那颗蛇蜥能量球一定是在它们那里了！"说着，它又望了蜥蜴族人部落首领一眼，叹了口气接着说道，"唉，如果不尽快把它拿去黑洞中引爆，你们的整个星球都要遭殃了！"

蜥蜴族人部落首领想了想说道："为了我们星球的安危，看来也只有带你们去蛇族人部落中找找了。"

叶兰与周勇跟随那个蛇族人，七拐八弯地走了几条细长阴冷的石洞道后，来到了一间空旷、阴森的大石室，只见石室四周的怪石柱上，有忽明忽暗的灯火在闪烁着。

叶兰感觉背后冷飕飕的，浑身直起鸡皮，仿佛随时都会有怪兽蛇从他们的身后偷袭，扑咬过来似的！

于是，叶兰用心语对周勇说道："这里阴森恐怖，我担心会有一场恶战！"

周勇："嗯，小心防备，随时做好决战蛇群的准备！"

第十四章

卡沙的诡计

　　这时，蛇族人停住了脚步，扭头对周勇和叶兰说道："我们已到了，请两位在这歇息一下，我去通知大家！"

　　叶兰一脸惊诧地问："啊，去通知大家?!"

　　周勇："哦……不用打扰大家了，我们随便找个地方休息一下便可。"

　　蛇族人："那不行，如果不让大家先认识你们，迟早有一天，你们都会被它们误伤、攻击的！"说着，它便往石室里面走去。

　　叶兰一脸惊恐地扭头对周勇说道："糟糕，它会不会领大家出来吃掉我们?"

　　周勇却镇定地说道："看样子不像，如果它要吃掉我们，早就在路上把我们解决了！"

叶兰："不管怎样，我们待会要警惕点，有个防备是好事！"

周勇却笑了："呵呵，我看你呀，是以小人之心度君子之腹！"

正说着，他们的耳边传来了一阵"晰簌——晰簌——"的声音，他们应声扭头一望，只见在他们的身后，走来了一大群高矮、胖瘦不一的蛇族人。叶兰不由得在心底惊呼："我的妈呀，这么多蛇族人呀！"

周勇也不禁默默感叹："哇，看来这是一个庞大的蛇族人部落！"

走在队伍最前面的是刚才与他们一起回来的那位蛇族人，它的身旁跟着一个长着白头发、白胡子的蛇族长者。

长者走过来，朝他们行礼说道："感谢你们救了我的孙子！我是蛇族的族长。"

周勇回礼道："您客气了，这是我们应该做的！"

蛇族长扭头对众蛇族人说道："大家一起来向咱们的恩人致谢！"后面的蛇族人群与老蛇族长一起，向周勇他们鞠了三躬。

叶兰与周勇见势也向它们弯腰鞠躬，回了礼。

"好了，大家可以回去了！"蛇族长朝身后的蛇族人挥了挥手，那些蛇族人便散去了。

蛇族长与那位年轻的蛇族人，一起邀请叶兰与周勇往里面的另一间布置清爽的石室走去。

只见石室的桌子上，摆放着一盘盘奇异的果子，红的绿的都有。

蛇族长做了一个请的手势说道："远道而来的客人，我们这

里由于没有阳光，所以作物生长困难，这是我们用光能培育出来的珍贵水果，请品尝！"

周勇好奇地问道："为什么你们不生活到有阳光的地方去呀？"

"唉，"蛇族长叹了口气，接着说道，"这事得从很多年前说起了。在很久很久以前，这个星球上生活着一支蛇族人部落与一支蜥蜴族人部落。后来，这两个部落的祖先因为争夺一颗蛇蜥能量球，发生了一场战争，我们蛇族人部落的蛇族长，为了保护那颗蛇蜥能量球，便带领蛇族人部落迁居到了这片黑暗地带。"

周勇："可蛇蜥能量球有什么用途？为什么你们两个部落都要争夺这颗蛇蜥能量球？"

蛇族长："这颗能量球其实是蛇族人与蜥蜴族人祖先的异能量整合而成的能量球。如果这颗能量球被损坏了，就会导致这个星球上的蛇族人与蜥蜴族人遭受灭顶之灾！但因为蜥蜴族人的祖先阴险邪恶，想利用这颗能量球的能量消灭蛇族人部落，所以我们的祖先才一心要保护蛇蜥能量球！"

"哦，原来如此！"周勇与叶兰这才恍然大悟。

周勇："可是，你们长期生活在黑暗之中，这样对你们的族人不公平，有没有想过要改变现在这种在黑暗中生活的现状？"

蛇族长："我们家族经过几代的进化，早已习惯了在黑暗中生活，只要那颗蛇蜥能量球不被它们破坏，我们的星球便能宁静而又祥和地衍续下去。"

黑洞怪兽兵与卡沙所变的紫色蜥蜴族人与蜥蜴族人部落首领，率领着一大队蜥蜴族人乘坐卡沙驾驶的 0078 号黑洞飞船，往 Gliese 581c 行星黑暗的北半球飞去。

刚来到那北半球的上空，卡沙见到下方一片漆黑，惊呼道："哇，那里真是一片黑暗！"

蜥蜴族人部落首领："别担心，我们戴了头灯，只要不发生意外，就会很安全的！"

卡沙迫不及待地说道："那我们现在直接飞去他们的部落村吧？"

蜥蜴族人部落首领："不行，直接去会暴露目标，我们待会先降落在附近，然后再走路去蛇族人部落。"

而此时，在蛇族人部落中，周勇与叶兰被蛇族人送到了一间空旷的石室中休息。

周勇："总算可以好好地睡上一觉了！"

叶兰："你难道不害怕它们半夜会把我们吃了？"

周勇走过去，拥着叶兰的双肩："好了，疯丫头，别胡思乱想了，它们不是那类坏外星人！"

他们躺在石床上，正要入睡。突然，他们的信息感应耳机内响起了"嘀嘀嘀"的警报声！

周勇："糟了，有情况！"

叶兰："如果我猜得没错的话，一定是卡沙它们追踪过来了！"

周勇的手里拿着一个银色的四方形的信息搜索器，边搜索边说道："不对，除了卡沙的黑洞异能量，还有一股来自这个星球

的异能量，正在往这边赶来！"

叶兰："啊，说不定是那些蜥蝎族人！"

叶兰想了想，略带怀疑地接着说道："难道卡沙已经战胜了那些蜥蝎族人？"

周勇："光猜测没用，我们得去探明情况才行！"

叶兰："好的，那就用隐形分身术去侦察下！"

周勇："好的，就这么办吧！"

他们各自变出了一个自己的替身躺在床上睡觉，而真实的自己隐身往石洞外走去。

来到石洞外的山谷平地上，他们便利用能量腰带施展变形术。

周勇按下能量腰带的按钮，说道："变形模式——隐形光能飞船！"

话音刚落，他们乘坐的那艘隐形飞船便立刻出现了。

他们驾驶着隐形光能飞船腾空而起。不一会儿，周勇便在太空航控系统中锁定了那两股异能量的来源方位。

飞船往前飞行了一段之后，他们发现那股异能量，就在下面的山谷中，便把隐形光能飞船降落了下去。

这时他们才发现，真有一大群蜥蝎族人在下面的丛林中前行着。

周勇："那么多的蜥蝎族人，它们准备去干吗？"

叶兰诧异地说道："奇怪，刚才的感应器上明明有感应到卡沙的异能量，却怎么不见它呢？"

周勇："等等，我们先靠近看个仔细后就会知道了!"

他们仔细地探测着卡沙的异能量来源之处，并把隐形飞船靠拢过去。

叶兰："飞船往左……再往左前方一点……"

周勇："嗯，目标锁定了!"

叶兰看了看异能量跟踪分析仪后，恍然大悟地说道："啊，原来那个紫色的蜥蜴族人头目，就是卡沙变形的!"

周勇："这家伙也真是太狡猾了!"

叶兰："可是，它们这次准备去哪里呢，有什么阴谋?"

周勇想了想，说道："不知道，看来我们得亲自下去打听，才能了解到真相了!"

说着，他们便把隐形飞船小心地停在蜥蜴族人队伍的后面，并各自按下能量腰带上的"收飞船"按钮，让隐形光能飞船随即隐形。而后，周勇与叶兰隐身急奔追赶前面的那些蜥蜴族人。

很快他们走入了蜥蜴族人的队伍中，那些蜥蜴族人却看不见隐身的他们。

他们紧张地往前走去，走到卡沙与蜥蜴族人部落首领的身旁。

卡沙所变的紫色蜥蜴族人，正在向蜥蜴族人部落首领打听路程："首领，前面到蛇族人部落还有多远?"

蜥蜴族人部落首领："快了，再翻过四座山，三条浅水河，就到蛇族人部落了!"

卡沙直摇头，在心底暗自叹气："唉，可把我累死了，我还

真是从来没吃过这种走路的苦!"

蜥蜴族人部落首领:"前面的路将会越来越黑暗,越来越难走!"

紫色蜥蜴族人(卡沙)听了,急得直冒汗,在心底嘀咕:"啊,晕倒!"

它痛苦的表情被正在一旁的周勇与叶兰看到,不禁掩嘴偷笑起来。

他们各自从地上捡起一块石子,朝卡沙的头上击打过去。

卡沙扭头直骂:"谁! 刚才是谁用石子打我?"

后面的蜥蜴兵一脸惊慌,一个个望着它,不敢出声。

蜥蜴族人部落首领:"卡沙先生,一定是您走路累了吧,我们的士兵没有我的口令,连屁都不敢放一个!"

紫色蜥蜴族人(卡沙)自解嘲地摸了摸后脑勺,尴尬地笑了:"嘿嘿,怪不得刚才一路上都这么安静,看来贵军的纪律实在是严谨!"

蜥蜴族人部落首领:"要不是因为要去找蛇蜥能量球,我的王牌军是不会随便出征的!"

紫色蜥蜴族人(卡沙):"这次行动,主要是为贵星球居民的安全考虑。等我们去黑洞中把那颗蛇蜥能量球销毁了,你们星球的居民便安全了!"

"啊! 要毁了蛇蜥能量球!"听到这里,隐身的周勇与叶兰都惊诧得张了大嘴巴!

那些蜥蜴族人快速地往前走去,叶兰与周勇却没有跟上。

周勇:"原来,它们这次去蛇族人部落是为了抢蛇蜥能量球去黑洞中销毁!"

叶兰:"不对,卡沙那么坏的人,怎么会做好事?"

周勇:"哦,我想起来了,蛇族长有说过,蛇蜥能量球是蛇族人与蜥蜴族人祖先的能量整合球。"

叶兰:"对了,它还说过,如果这颗蛇蜥能量球被损毁了,就会导致蛇族人与蜥蜴族人面临灭顶之灾!"

周勇:"如此分析,看来卡沙一定是骗了蜥蜴族人部落首领,去帮它抢夺蛇蜥能量球!"

叶兰想了想,接着分析道:"也许卡沙是想利用这颗蛇蜥能量球来对付我们的飞船!"

周勇:"嗯,疯丫头越来越聪明了!不过,另外还有一种可能:N斯博士担心以后用完了M4能量球的能量后,没法入侵银河系,所以要卡沙把这颗能量球夺回去,加快实施侵战银河系的计划!"

"看来,我们一定得阻止卡沙夺取蛇蜥能量球的行动!"叶兰急切地说道。

他们说着便变出了隐形飞船,驾驶着离开了。

第十五章
争夺蛇蜥能量球之战

叶兰："我们赶紧回去，告诉蛇族长，那蜥蜴族人要来抢夺蛇蜥能量球了！"

周勇："不能直接说吧，要不它们会怀疑我们对蛇蜥能量球有企图！"

叶兰："那怎么让它们知道这事？"

周勇想了想，灵机一动地凑到叶兰的耳边说道："有了，我们不如这样……"

叶兰听后，一个劲地点头："嗯，这办法好！"

隐形飞船降落在蛇族人部落山洞前的一片平地上，可不同的是，从飞船上走下来的两个人却是蛇族人的模样，其实是周勇与叶兰变形的。

他们收起了光能飞船后，便往山洞中走去。

没多久，一个浑身乌黑的蛇族人来到了蛇族长家的门外，大声地说道："族长，不好啦，不好啦！"

蛇族老族长应声走了出来问道："小黑子，啥事让你这么大惊小怪的？"

小黑子："族长，我刚才听小白子说，它刚从外面回来，听到路上有人说，蜥蜴族人部落要来咱们部落抢蛇蜥能量球！"

老族长听后一脸惊诧地："什么，它们要来抢蛇蜥能量球？看来，不对劲……几百年都没来抢过，怎么今天突然来抢了？"

小黑子："听小白子说，是外星蜥蜴族人指使它们，把蛇蜥能量球抢去黑洞中销毁，谎称这颗能量球有危险！"

老族长气急地说道："胡说，如果这颗蛇蜥能量球被毁，我们这个星球上的所有居民将面临灭顶之灾！"

小黑子："族长，那您赶紧组织大家抗敌吧！"

老族长："赶紧叫大家到大厅开会！"

小黑子："是，我这就去叫！"

很快，所有蛇族人便聚集到了蛇族开会的石室大厅中。

蛇族老族长威严而又郑重地给大家分配好了应敌的防御任务。

任务分配完成后，老族长郑重地说道："好了，给你们每组分配的任务都各自记住了，按我说的去办，我们蛇族就能抵挡住这场大灾难了！"

众人大声地应和："族长英明、族长英明！"

"好了，赶紧去布置防御工程吧！"老族长朝大家挥了挥手说道。

蛇族人快速地走向村子四周，钻入了地底。

它们快速地拱动着长长的蛇身，"簌簌"地在地下挖掘了很多纵横交错的地道，又在地道上面架了一些树枝，并铺上了树叶。

老族长带着一队蛇族人，爬上了高高的古树顶上，架好了蛇族人最厉害的麻醉箭！

另一队蛇族人，背着一些蛇族人发明的麻醉喷剂，钻入了挖好的地道洞中。

蜥蜴族人这时已来到蛇族人部落的村口，它们猫着身子，摸索着来到了一片丛林中。

紫色蜥蜴族人（卡沙）不解地问道："这么冷清，这里会是蛇族人部落吗？我们会不会是走错地方了？"

金色蜥蜴族人（首领）肯定地说道："不会弄错的，我们是按照蛇族人部落的地图找到这里的！"

紫色蜥蜴族人（卡沙）狡猾地说道："既然你们路熟，那就请在前面带路吧！"

金色蜥蜴族人部落首领吩咐士兵们道："一队、二队听着，你们在前面探路，三队、四队，请跟在我的身前，五队、六队扫尾！"接着，扭头问卡沙道，"卡沙先生，贵军还要不要去呢？"

卡沙装模作样，慷慨激昂地说道："大敌当前，岂能退缩？我们也要前进、前进！"

说着，卡沙装模作样地带着它的紫色蜥蜴兵，往前冲去。

可是，它们才往前没走多远，便感觉自己的脚像是被什么东西给套住了，而后便脚底一空，身不由己地被拉入了地底。

卡沙挣扎着惊呼："啊，啊，这是怎么啦?!"

"啊，啊!"卡沙拼命地扑腾着，从洞穴中跳蹿了出来。

一些蜥蜴兵，被蛇族士兵拉入地道后，蜥蜴兵正准备起身挣扎着反抗，却见戴着防毒面罩的蛇族兵，手里拿着麻醉喷雾剂，"唰唰唰"地喷射向了蜥蜴兵，蜥蜴兵被喷得颤抖着身子，直翻着白眼，挣扎了几下便倒下了。

而在蛇族人部落的树林里，老族长与几名蛇族士兵爬在高高的树顶上，用麻醉箭射向了下面丛林中那些正奔跑着进攻的蜥蜴士兵。

那些被射中的蜥蜴兵，"呜里哇啦"地怪叫后倒下睡着了。

金色蜥蜴族人（首领）："糟糕，这么多的暗箭，我们一定是中了它们的埋伏！大家赶紧往后撤，准备反击!"

那些蜥蜴兵转身往后退了十几米，伏倒在深草丛中，掏出了奇异的黑色能量枪，朝前面的丛林中射击!

可哪知才射了几枪，它们身旁的树顶上，便箭如雨下般地朝它们射来!

卡沙所带领的部分从地洞中爬出来的紫色蜥蜴兵，立即赶过来增援。

而走在前面的那些被射中了身子的蜥蜴兵，东倒西歪地扭动着身子，一副摇摇欲倒的样子。

紫色蜥蜴族人（卡沙）："大家打起精神！努力突围！"

一名筋疲力尽的紫色蜥蜴兵，吃力地挡了一下攻击过来的蛇族兵，扭头无可奈何地对卡沙说道："将军，这些蛇族兵实在太厉害了，我们快顶不住了！"

卡沙挥动着手中的基因控制棒，急躁地击倒了一名蛇族兵："顶不住也得给我顶住！"

蜥蜴族人部落首领身前的一名士兵，被树顶上的老族长的麻醉箭给射中，"砰"地倒下了。

蜥蜴族人部落首领挥剑扫落了一些飞射而来的箭后，便气恼地说道："看我来端了你们的箭窝！"它飞身跃起，扑向了对面树顶上的蛇族长，两人在树顶上激烈地展开对决。

蜥蜴族人部落首领从身后拖出了一把"七彩变色剑"，逼杀向蛇族老族长，老族长巧妙地躲闪而过。

蜥蜴族人部落首领："蛇族老头，我这次来是向你讨要蛇蜥能量球的，并不想与你对战！"

蛇族老族长："蛇蜥能量球是关系到我们星球安危的能量球，我绝不会让它落到你们的手上！"

蜥蜴族人部落首领："你老糊涂了吧？这颗能量球早晚是个祸害，它将于今年爆炸，一旦爆炸，我们的整个星球就完蛋了！"

蛇族老族长气恼地反问道："这是谁胡说的？"

蜥蜴族人部落首领："卡沙先生这次来，就是为了帮助我们把这颗危险的能量球带去宇宙黑洞中销毁掉！"

蛇族老族长："那骗子在哪？叫它出来让我瞅瞅！"

蜥蜴族人部落首领："那你先把那颗危险的能量球交给我！"

"不行，这颗能量球，一旦落入坏人的手里将成为一个危险的杀生武器！"老族长说道。

卡沙所变的紫色蜥蜴族人走过来解释道："请相信蜥蜴族人部落首领，我们是受银河系安全总部之托，来帮助你们解除困境的！所以，为了你们星球的安全，这颗蛇蜥能量球，我们一定要强制性带走！"

老族长鼓着一双褐色的蛇眼，惊诧地望着卡沙，一字一句地说道："我不管你有什么阴险的企图，只要有我在，你们谁也别想带走蛇蜥能量球！"

这时，从一旁的丛林中，走出了两个身着白矮星王国太空服的外星人。

他们走到蛇族长的身前，用手指着卡沙厉声地说道："别相信它的花言巧语，它是黑洞城堡 N 斯博士的助手！它想夺走蛇蜥能量球去侵战银河系！"

蜥蜴族人部落首领扭头，望着卡沙，一脸惊诧地说道："啊！原来你是有阴谋的！"

蛇族老族长："看它那奸诈的样子，就不像好东西！这下你们该明白了吧？"

可蜥蜴族人部落首领却扭头向来自白矮星的外星人问道："你们又是从哪个星球来的？"

周勇所变的太空战士指着卡沙说道："我们是来自白矮星王国的太空战士，我们星球的 M4 能量球就是被它们夺走了！"

蛇族长接着问道："后来结果怎样？"

叶兰所变的太空战士回答道："要不是我们及时阻止，它们已利用 M4 能量球启动了黑洞的四维时空隧道，准备把整个太阳系都送入它们所在的黑洞中！"

蛇族长一脸惊诧地说道："啊，这么大的阴谋！"

蜥蜴族人部落首领："你们怎么证明你们的真实身份？"

周勇与叶兰各自举起了手中的闪光剑："这是我们白矮星国王赐给我们的光能剑，请看剑！"

蜥蜴族人部落首领定神望去，只见光能剑上清晰地闪烁着几个字："白矮星王国"。

蜥蜴族人部落首领："啊，果真是白矮星国王亲赐的光能剑！"

卡沙见事情败露了，便现出了原形，凶恶地扑向了周勇与叶兰所变的太空战士。

卡沙："你们这两个可恶的白矮星败将，竟来坏了我的好事，这次我一定要把你们抓回去，让 N 斯博士亲自审问！"

身着蓝色太空服的周勇与身着红色太空服的叶兰所变的太空战士飞身上前迎战。

卡沙从身后拖出了一把乌黑的黑洞邪剑，横劈了过来。

周勇飞身向前，挥舞光能剑，抵挡住卡沙的黑洞邪剑的攻击。

"嗨！"叶兰则从一旁踢向了卡沙的身子，但卡沙的身子只在空中摇晃了几下，而后又稳稳地站住。

卡沙不耐烦地说："喂，别东一下、西一下地给我抓痒痒了，你们俩一起上吧！"

周勇："谁怕谁呀？接招！"

说着，周勇挥动着蓝色光能剑，快如闪电般地攻击卡沙！

"看剑！"叶兰则从一旁挥舞着红光能剑，攻击卡沙的后背。

哪知卡沙迅速地旋转着身子，敏捷地抵挡着周勇与叶兰的攻击。

近百个回合的轮番攻击下来，卡沙也累得直喘粗气了。

忽然，卡沙往后跃了一步，摆手大叫："停！"

周勇与叶兰所变的白矮星太空战士，不解地问它："怎么了？难道你认输了？"

卡沙："认输？我看该认输的是你们吧！"

叶兰："那你想怎样？"

卡沙："难道你们不觉得这样重复打下去，太无趣了吗？"

蓝衣太空战士（周勇）走过去问道："你要怎么对战？"

红衣太空战士（叶兰）声音焦急地招呼道："你别走过去，小心它耍赖皮！"

卡沙："笑话！我堂堂一黑洞将军，怎么会耍赖皮呢？你们走远些，我可要变形了！"

周勇与叶兰往后飞身一跃，跳出了几十米远。

卡沙手握拳头，仰天大叫："变形——黑洞机器人！"瞬间变成了一个巨大的机器人。

周勇惊得大呼："这么大的黑色机器人！"

叶兰也惊诧得用手捂住了嘴："好邪恶的脸哦！好像还在变

大呀！……"

周勇与叶兰也按下了能量腰带上的"开启"按钮。

周勇与叶兰齐喊："能量变形——机器人模式！"

他们变形成了两个巨大的光能机器人。

周勇变形成了一个蓝色机器人，站在卡沙的左前方，手握一把蓝色光能剑精神抖擞地威然站立着。

叶兰则变形成了红色的机器人，站在卡沙的右前方，手握一把红色光能剑英姿飒爽地站立着。

不远处，有很多围观的蜥蜴族人与蛇族人，它们屏息地等候着这场变形机器人大决战的开始！

第十六章
变形机器人之战

决战正式开始。

"哐!"卡沙所变的黑洞机器人,挥动着一把乌黑的黑洞邪剑,挥砍身前的叶兰与周勇所变形的红色机器人与蓝色机器人。

黑洞机器人:"看招,你们这两个小毛孩!"

红色机器人挥剑抵挡住了黑洞机器人迎面击来的一剑,蓝色机器人从左边挥砍黑洞机器人的铁臂!

哪知,从黑色机器人的手臂上突然冒出了很多锋利的锯齿,击得蓝色光能剑"嘶嘶"地冒着蓝光。

黑洞机器人冷笑着说道:"嘿嘿,你想砍伤我,没那么容易!"

红色机器人往后一退,它的机械手变成了激光枪射向了黑洞

机器人！

黑洞机器人没有退缩，只是左右摇摆着身子，狂笑着："哈哈哈！你们的武器太落后了！"

说着，它把长手臂一缩变形成了黑洞之枪，之后便见一道道紫色的光弹扫射向了蓝色机器人与红色机器人！

红色机器人："啊，动物基因弹！"

蓝色机器人："快闪开来！"

两个机器人左右飞跃，躲闪开了动物基因弹的射击！

黑洞机器人疯狂地扫击红、蓝两个机器人，最后，周勇与叶兰灵机一动施展了隐形分身术，替身停在原处左摇右晃地摇摆着。而另一个真正的他们，却隐身停在了半空中。

黑洞机器人见动物基因弹没有起效，惊诧地问道："难道你们的体内没有动物基因？"

蓝色机器人："哈哈哈，我们白矮星王国的机器人，都是光能机器人，当然没有动物基因了！"

红色机器人："你等着，现在该轮到我们反击了！"

说着，便见红、蓝两个机器人的手臂，变形成了硕大的光能弹发射口，发射出红色光能弹与蓝色光能弹，向黑洞机器人展开猛烈的攻击。

卡沙所变的黑洞机器人，见一个个红色和蓝色光能弹眼花缭乱地朝自己射来，一阵阵滚烫、撕心的刺疼感瞬间袭来！

黑洞机器人痛苦不堪地摇晃着身子，狂叫着："呜哇——呜哇——"

　　而此时，蓝色机器人与红色机器人挥舞着的手臂变形成银光闪闪的光能剑，左右夹攻黑洞机器人。

　　黑洞机器人吃力地左跳右跃地躲闪着。就在那把蓝色的光能剑吐着"嗞嗞"的光能焰火，要刺入它胸口时，"哐!"黑洞机器人跃向了半空中，"咔嚓、咔嚓"地变形成一艘银灰色的0078号黑洞战斗飞船。

　　既而，黑洞战斗飞船的底端伸展出两个发射口，朝下面的蓝色机器人与红色机器人扫射紫色的黑洞能量弹。

　　红、蓝两个机器人躲闪开来并举起机器手臂，变形成光能弹发射口，向空中的黑洞战斗飞船扫射。

　　可上空中的黑洞战斗飞船，忽高忽低、忽左忽右地快速躲闪着，避开了攻击。

　　蓝色机器人对红色机器人说道："准备变形，战斗飞船模式!"红色机器人点了点头，两个机器人便一齐跃向深蓝的上空中，变形成一红一蓝两艘战斗飞船。

　　红、蓝两艘战斗飞船凌空一翻身，便朝那艘银灰色的黑洞飞船奔去，并朝黑洞飞船发射了一串串红色和蓝色的光能量弹。

　　黑洞飞船在空中来了一个魔影般的旋转侧翻身。它竟躲开了红、蓝两颗光能弹的攻击!

　　在红色的光能战斗飞船内，周勇通过对讲机对叶兰说道："开始第二轮攻击模式——左右夹攻!"

　　叶兰："是!"

　　一红一蓝两艘战斗飞船，一左一右地夹攻黑洞飞船，黑洞飞

船躲闪不及，左侧被击中了一弹！

黑洞飞船飞到了上空中，朝下面的红、蓝两艘光能战斗飞船发射了紫色的黑洞能量弹。

周勇与叶兰各自启动了战斗飞船的光能保护罩的模式，在飞船四周，罩上了一层银色的"光能保护罩"。

可是，黑洞飞船发射的紫色黑洞能量弹，依然剧烈地击打在光能保护罩上。红、蓝两艘光能战斗飞船内的周勇与叶兰，感觉飞船剧烈地震荡着。可喜的是，光能飞船并没有受损。

上空黑洞飞船内的卡沙见此情景，急得大叫："真可恨！怎么击不穿呢？"

正在卡沙气恼、泄气的时候，见那一红一蓝两艘战斗飞船，已分别飞窜到了飞船的上方与下方，朝它上下夹攻地发射起红色和蓝色的光能弹。

卡沙驾驶的黑洞飞船，躲闪不及地被上下各击中了一弹，顿时失去了平衡，直往下边的地面上坠落而去。

叶兰与周勇驾驶的红色和蓝色战斗飞船也追踪过去。

黑洞战斗飞船内的卡沙见身后强敌追来，启动了飞船的宇宙能量磁场模式，飞船的四周顿时被一阵紫色的光雾包裹，而后，黑洞飞船便钻入了四维空间中隐藏了起来，不见了踪影。

叶兰与周勇在光能战斗飞船内见此情景，无可奈何地摇了摇头，往 Gliese 581c 行星飞去。

此时，在蛇族人部落里，蛇族人部落与蜥蜴族人部落的士兵们已握手言欢，正在举行欢庆活动。蛇族人部落的族民，在浅水潭中跳奇异的蛇族漂水舞，欢快地舞动着。

"哇，真有趣！好看！"而蜥蜴族人部落的士兵们，围成一圈，好奇地观望着这新奇的舞姿。

蛇族的老族长与蜥蜴族的部落首领，坐在一张石桌子前，欢喜地喝酒商谈着什么。

周勇与叶兰驾驶的白矮星战斗飞船顺利降落，身着太空服的周勇与叶兰走下了飞船，英姿飒爽地走了过来。

蛇族老族长与蜥蜴族人部落首领起身迎向前去。

蛇族老族长："欢迎两位英雄凯旋！"

蜥蜴族人部落首领："实在抱歉，之前在我们部落与两位英雄发生过误会，还望两位见谅！在此，我向两位深表歉意！"说着，蜥蜴族人部落首领弯腰朝他们鞠了三躬！

周勇与叶兰弯腰回礼。

周勇笑着说道："都过去了，我们都早已忘了这事了！"

叶兰："就是，不打不相识嘛，呵呵。"

蜥蜴族人部落首领："感谢两位大度！"

蛇族老族长："有劳两位帮我们赶走强敌了！"

周勇："这是我们应该做的。"

叶兰："因为卡沙也是我们白矮星的敌人！"

蜥蜴族首领："为表达我们蜥蜴族人对两位的敬重与谢意，我们特邀请两位尊贵的客人，去我们蜥蜴族人部落做客！"

叶兰与周勇听后，想起上次被攻击的情景，心有余悸地谢

绝了。

叶兰："谢谢首领的盛情邀请，只是我们此次只是路过贵星球，还有别的任务要去完成！"

周勇："是的，我们这次来主要是为了追踪卡沙，现在卡沙逃跑了，我们也该去追它了！"

这时，蛇族老族长走了过来，对他们说道："好了，别再为难两位尊贵的客人了！"

蜥蜴族人部落首领："好的，那就主随客便了。不过，我想如果两位不是太急着走的话，我建议两位英雄，明早可以去蜥蜴部落的蓝海边看日出。蓝海的日出可是我们星球绝色的美景哦！"

周勇："好的，既然首领这么盛情邀请，那我们明日一早，一定驾飞船赶去蓝海观看日出！"

说着，之前被周勇他们救下的那位蛇族人，走过来邀请他们去跳蛇族的漂水舞。

周勇与叶兰在那位蛇族人的带领下，跟随走入浅水潭中与蛇族人一起，跳起了欢快的漂水舞。

那天晚上，两族的联欢会一直狂欢到很晚，结束后周勇与叶兰才回到休息的石洞。

他们疲惫不堪地躺倒在石床上，准备好好地睡上一觉。

周勇："今天的这场恶战，可把我给累坏了！"

叶兰："对了，我们明早还要不要去看蓝海日出呀？"

周勇："这么难得的机会，当然一定要去看了！"

叶兰："那好，我们早点睡吧！"

周勇："看过日出后，我们就可以回地球了！"

叶兰："可是，万一卡沙没走，又来追我们怎么办？"

周勇："那我们只好继续对战了，决不能把这灾星带去地球！"

叶兰直叹了口气说道："唉，不知什么时候我们才能回到地球了！"

周勇拍了拍叶兰的肩膀，安慰道："丫头，别这么消极，我们现在的任务是维护宇宙的和平，是一件很神圣的工作！"

说着，他们躺在石床上平静地进入了梦乡……

而此时，卡沙正在的 Gliese 581c 行星的一个隐蔽的山洞内拿着一把能量焊炬修理 0078 号黑洞飞船。

卡沙边忙边气恼地嘀咕："这两个可恶的家伙，下次再让我碰到你们，一定抓你们去黑洞城堡！"

卡沙刚把飞船修复好，回到飞船的太空舱内便听到了"嘀嘀"的信息铃声。

卡沙："糟了，N 斯博士发信息来了！"

果真，遥感视频上显示了 N 斯博士的头像。

N 斯博士："卡沙，刚才飞船的信息系统怎么中断了？"

卡沙："博士，刚才我与来自白矮星岛的两名外星人发生了一场恶战，我们的 0078 号黑洞飞船被袭击了！"

N 斯博士："那蛇蜥能量球抢到手了吗？"

卡沙："我差点就把蛇蜥能量球骗来了！可是那两个白矮星

的外星人一出现，就揭发了我们的行动！"

N斯博士急切地问道："然后呢？"

卡沙："恶战之后，他们赢了，我们夺取蛇蜥能量球的计划失败了！"

N斯博士气得直敲桌子："唉，又是白矮星的外星人，他们可真是阴魂不散！"

卡沙："凭我与他们交手的感觉，他们不太像是纯正的白矮星光能怪兽外星人！"

N斯博士："为什么这么说？"

卡沙："自从我们的内军打入白矮星王国后，他们大部分光能兽军体内都有您从别的星岛上收集来的怪兽基因。可是他们的体内却好像没有怪兽基因！"

N斯博士想了想，猜测道："难道是白矮星国王又发明了什么新光能基因激素？把光能兽军体内的怪兽基因清除了？或者你有什么别的看法？"

卡沙："博士，我怀疑他们是失踪的地球人———叶兰与周勇所变的白矮星人！"

N斯博士："啊！让我想想……嗯，有这个可能，但是又不能完全确定！"

卡沙："博士，难道没有办法能揭开他们的真面目吗？"

遥感视频上的N斯博士摇了摇头，接着说道："办法也不是没有，让我再想想吧……"

好一会，屏幕上的N斯博士抬起了头，惊喜地说道："有了，我想出一个好办法来了!"

卡沙迫不及待地问道:"什么好办法? N 斯博士请讲……"

N 斯博士:"要想分辨出他们是不是地球人,最好的办法是,我们引发一场地球灾难,看看他们会不会去拯救地球,如此,我们便能知晓真相了!"

卡沙很是赞同:"嗯,好办法! 可是我们怎么引发地球灾难呢?"

N 斯博士:"这个,得等我查询一下太空信息系统,看看最近的地球上什么灾难最容易引发……"

卡沙:"博士,那您先忙吧。我休眠一下,补充一下体内能量。"

N 斯博士:"好的,接下来你的任务就是抓到那两个白矮星人,夺回他们飞船内的能量球!"

卡沙:"遵命,博士!"

看来,一场新的阴谋之战又要在 N 斯博士的脑海中诞生了……

第十七章
地核能量磁场危机

第二天清晨，在 Gliese 581c 行星上蜥蜴族人部落的蓝海边的一面石崖上。

周勇与叶兰正倚在石崖上看日出。

因为在 Gliese 581c 行星上的蓝海是没有黑夜的，而蜥蜴族人区别白天与夜晚的办法就是看日出。

周勇与叶兰他们发现，眼前的天空瓦蓝瓦蓝的，没有一丝云彩，而且眼前所见的蓝海也是无边无际，风平浪静的。

周勇："哇，这里的蓝海，怎么不像地球的大海那么波涛起伏？竟然是如此风平浪静！"

叶兰："可能地心的能量磁场不一样吧。"

这时，只见从那风平浪静的蓝色大海中，升起了一个巨大的红通通的液态火球似的 Gliese 581 红矮星！

叶兰："哇，好大的红矮星！"

周勇一脸惊诧地说："天哪，它看起来比太阳要大很多倍哦！"

只见那颗巨大的红矮星，慢慢地浮出水面，而后，便腾跃而起，像一个巨大的燃烧着的红火球似的，徐徐地升向瓦蓝、宁静的上空！

周勇："这里的日出看起来真是震撼！"

叶兰："那当然，曾有很多地球人把这里幻想成第二地球，还曾有过迁居的打算哦！"

周勇："嘿嘿嘿，如果让他们看到这些蛇族人与蜥蜴族人，估计他们就不会有这种想法了！"

叶兰："哈哈，那当然，肯定是吓得掉头就跑了！"

周勇："Gliese 581 红矮星越升越高了，这里的气温好像升高了很多，我们穿上防热太空服上飞船去吧！"

叶兰举起了一部光能相机，"咔嚓、咔嚓"地拍摄 Gliese 581 红矮星挂在空中的照片。

叶兰边拍边说："拍些照片给地球同胞分享！"

周勇："拍多点，到时上传到网上，给大家看看。对了，蜥蜴族人与蛇族人的照片拍了吗？"

叶兰诡妙地笑道："嘿嘿嘿，我也偷拍了几张。"

周勇："疯丫头，你可真行，还真有你的！"

叶兰："好啦，我们该走啦！"

周勇："Gliese 581c 行星上的日出，可真是太美了，希望以后还能有机会来看日出！"

叶兰："哈哈，那我把你留在这里陪蜥蜴族人算了！"

周勇："疯丫头，又开始胡侃啦！"

他们刚进入飞船准备起飞，"嘀嘀嘀！"飞船内，便响起了信息系统的提示音，他们打开了飞船内的光能遥感信息接收系统的主机。

这时，主机系统屏幕上呈现出了洪崖兽将军与星辉公主的头像。

洪崖兽将军："周勇、叶兰，你们俩到哪了？"

周勇："我们正准备离开 Gliese 581c 行星，返回地球！"

星辉公主："等等，你们暂时不能返回地球，地球能量磁场正在发生变异，你们去地球会有危险！"

叶兰急切地问："星辉公主，你们怎么知道这些情况的？"

星辉公主："因为你们是我的恩人，所以我一直在关注着地球的太空系统数据，最近发现其能量磁场的数据异常，具体情况还是由洪崖兽将军向你们解释吧！"

洪崖兽将军："情况是这样的，有一股异星球的能量正在启动地球的地心能量磁场，一旦地心能量磁场被启动，就会发生火山加速爆发，气候反常，气温升高，地球的南北两极的冰山将加速融化，已休眠的古老地球生物将会苏醒，地壳内的远古细菌也会接踵而来！"

周勇惊恐担忧地说："啊！那岂不是地球末日将要来临！"

叶兰略带急切地说："洪崖兽将军，你能确定那股异星球的能量来自于哪里吗？我们可以阻止它们吗？"

洪崖兽将军："发生这样的情况，我想一定是卡沙与 N 斯博士在主谋这一切。它们藏在黑洞的四维空间内，我们暂时无法确定其具体位置。因此你们现在唯一能做的，就是利用你们手头的 M5 能量球，去应付地球即将发生的灾难。"

周勇："是，将军，我们一定尽全力去拯救地球！"

洪崖兽将军："你们暂时不能去地球，以免暴露了身份。卡沙现在正四处追查你们所变的两名白矮星太空战士的身份！"

叶兰："啊，那他们这次发动地球灾难，有可能也是为了吸引我们去拯救地球，暴露身份！？"

周勇："看来，我们的飞船也只能以隐形模式出动了！"

洪崖兽将军："嗯，隐形模式出动，拯救地球要紧，你们快出发吧！"

周勇、叶兰："是，将军！"

周勇与叶兰启动了飞船的隐形模式，在太空运行系统图上，锁定了银河系边缘的行星——地球，并把飞船的速度调整成千倍光速，急速飞驰而去。

再说在 X 黑洞内，卡沙驾驶着的 0078 号黑洞飞船，正隐藏在黑洞四维空间中，已开始了它们破坏地球的行动计划。

卡沙在战斗系统的电脑屏幕前，按 N 斯博士的指令操作。

屏幕上显示了 N 斯博士的头像，正在发号施令。

N 斯博士："再次启动 0078 号飞船的能量系统，发射 M4 能量频率去地球的地核磁场！"

卡沙："遵命，博士！"

N 斯博士："加油，我们很快就可以启动地核磁场了！"

卡沙："是，博士！"

卡沙照 N 斯博士的吩咐去做，朝地核磁场反复发射了几次 M4 能量后，地球的地核磁场被启动了！

太空监控系统屏幕显示：地球的地核磁场快速地运转，其地核的能量正高频率地扩散开来，往地球表面四处扩散而去！

很快，卡沙在太空遥感视频上发现地球上很多沉睡的死火山开始冒烟；地球南北两极的气温迅速升高，地球的冰山开始加速融化，而南极冰山中的远古细菌开始苏醒、复活！

冰山的快速融化导致海水暴涨，很多的海鱼与鸟类都感染上了 HN 病毒。

地球上各国电台开始广播灾难信息。

M 国 NNB 电台："据海讯记者报道，冰封于南极的远古细菌，由于南极冰山的加速融化，已随融化的冰水流入了海水中，南极海域海水中的鱼类与海鸟都已被感染，M 国与 Z 国、Y 国、F 国……有关部门正在紧急研制防治疫苗……"

Z 国海洋电台："据国家紧急防疫部报道，我国已有两例感染

HN病毒的海燕病例。我国的防疫部已启动一级防疫模式，并已进入HN疫苗的紧急研发工作。"

N斯博士坐在电脑前，狂妄地笑着："嘿嘿嘿，总算成功了！"

卡沙："哈哈哈，太棒了，这下地球可要完蛋了，好戏就要上演了！"

在白矮星王国上空中的一艘巨大的飞船内。

"我们的猜测没错，果真是卡沙与N斯博士干的！"洪崖兽将军通过太空间谍系统破解了破坏地心磁场的那股暗能量密码。

星辉公主："这群败类，看来我们得消灭它们，才能让宇宙得安宁！"

而此时的周勇与叶兰已驾驶着飞船，来到了银河系的地球行星上空中。

他们把飞船停在地球边的太空轨道上，并设定好了飞船系统的超级隐形模式。

叶兰："快，快启动M5能量，准备拯救地球！"

周勇边说边设置启动M5能量系统的程序："马上就好……"他淡定地按下了能量启动按钮，启动了飞船能量储存器内的M5能量。

"嘀嘀嘀！"这时，洪崖兽将军发来了视频信息。周勇打开了视频信息。

洪崖兽将军："你们准备好了吗？"

周勇："报告将军，M5 能量已启动！"

洪崖兽将军："我们现在奉白矮星国王之命，助你们启动地球地心反能量磁场，阻止地核能量磁场的运转，锁定快速运转的地核能量，防止它们高频率地向地表扩散！"

周勇："感谢白矮星国王的关注与支持！"

叶兰："报告洪崖兽将军，我们已做好了灾难拯救前的一切准备工作！"

洪崖兽将军："好的，你们只要按我的指令去处理，便能解除地球的灾难了！"

星辉公主："洪崖兽将军，我已启动太空遥感能量传输系统！"

洪崖兽将军："好的，叶兰准备启动能量接收按钮，接收 M5 能量传输！"

"是，将军！"叶兰按下了能量存贮控制器的"接收"按钮。

很快，能量储存器上显示，M5 能量的存贮值正在呈曲线上升。

之后，能量系统提示，M5 能量供给充足！

叶兰："报告洪崖兽将军，能量已供给充足！"

洪崖兽将军："好的，可以开始拯救行动了！"

叶兰、周勇："准备完毕！请将军指示！"

洪崖兽将军："启动能量系统，发射 M5 能量去地球，启动地心的反能量磁场。"

　　叶兰启动了 M5 能量系统。周勇按下了 M5 能量发射机器的蓝色"发射"按钮。一股红色的 M5 光能量流直射向了蓝色的地球，并钻入了地心处，如一股红色的激流环绕在卡沙启动的紫色地核能量磁场的四周，反方向地快速运转了起来！

　　红色的地心反能量磁场与紫色的地核能量磁场，发生了巨大的力的冲击，冲撞出一阵阵红色、紫色的能量之光。

　　之后，那个快速运转的紫色地核能量磁场，逐渐被红色的地心反能量磁场给控制住了。

　　到最后，紫色的地心能量磁场竟停止了运转，而红色的反能量磁场也渐渐地越转越慢。当地心能量磁场停止运转时，紫色的反能量磁场也平息了下来。一场正反磁场能量的拉锯战终于结束了！

　　在 X 黑洞内，0078 号黑洞飞船里的卡沙与黑洞城堡指挥室的 N 斯博士在监控视频前看傻了眼。

　　卡沙："博士，好像地核能量磁场停止了运转！"

　　N 斯博士："我正在查询那股启动地心反能量磁场的暗能量流的来源地！"

　　卡沙："博士，一定是那艘来自白矮星王国的飞船在捣鬼！"

　　N 斯博士："这股暗能量大得让我无法想象，而且，我还未曾解开这股暗能量的密码，所以也不能完全确定是他们！再等等，我很快就要解开系统捕捉到的能量密码了！"

　　说着，N 斯博士在能量系统的主机电脑前，继续忙碌着解码！

　　"解开了，解开了，这股该死的能量是 M4 能量的升级版 M5 能量！"N 斯博士欣喜而沮丧地说道。

　　卡沙："这么说，这股暗能量来自白矮星王国？"

　　N 斯博士："没错，据现在的分析来看，这股暗能量的确是来自白矮星王国！"

　　卡沙："N 斯博士，他们的能量那么厉害，我们不如去把他们飞船内的 M5 能量夺来，就能对他们进行反攻之战了！"

　　N 斯博士："嗯，想法不错，只要毁灭了白矮星王国，我们就可以把整个太阳系运来黑洞世界了！"

　　卡沙："那您搜索他们所在的具体位置，我好去抓他们！"

　　N 斯博士："他们的飞船现在是隐形模式，无法搜索到所在位置，你现在要做的就是在黑洞的出口处隐形，盯紧他们的飞船，一旦出现，你立刻跟踪去抓。"

　　卡沙："遵命！"

第十八章
N斯博士抢夺能量球阴谋

在周勇一行人的飞船内，正紧张地实施着拯救行动。

周勇："报告洪崖兽将军，地球能量磁场已被控制！"

洪崖兽将军："很好，接下来的任务更加艰巨，你们得利用M5能量球穿越时空，去启动地球的南极与北极的远古能量磁场！"

叶兰："将军，为什么要启动地球的远古能量磁场？"

洪崖兽将军："因为在地球的远古时代，南极与北极的臭氧层厚，气候寒冷，这样有利于重新冰封地球的南极与北极，那个时期的细菌由此而被封住休眠了！现在要拯救地球，防止远古细菌爆发式地涌出来，就必须让地球南北极的冰永久性地冻住，从而冰封远古细菌！"

周勇："明白，洪崖兽将军！"

叶兰："启动 M5 能量系统！"

周勇："锁定地球的南极与北极，发射 M5 能量！"

叶兰："能量系统调控，M5 能量以光速 1000 倍穿越时空，发射去地球远古时代的南极与北极！"

周勇："M5 能量顺利抵达！已启动地球远古时代的能量磁场！"

叶兰："太空系统视频扫描，地球的南极与北极已进入冰封状态！"

洪崖兽将军："很好，下一个任务是启动能量杀菌系统，发射 M5 杀菌能量，清除地球细菌！"

洪崖兽将军："星辉公主，把 M5 杀菌能量传输给他们！"

星辉公主："是，将军！"

星辉公主启动了 M5 杀菌能量储存器，并利用遥感超光能传输系统传输能量。

叶兰坐在能量接收系统前说道："已扫描到 M5 杀菌能量，准备接收！"

周勇："M5 杀菌能量接收成功！"

洪崖兽将军："你们利用能量扫描系统，先扫描地球危害细菌，然后锁定地球 HN 病毒！"

叶兰："将军，扫描完毕！"

周勇："发射系统已锁定地球的 HN 病毒！"

洪崖兽将军："调节能量组合结构与地球人的 DNA 相融合的模式，过滤掉对地球生物有危害的微能量元素！"

叶兰、周勇齐回应道："是，洪崖兽将军！"他们启动了能量调节器，只见那些红色的 M5 能量，在能量调解器内快速地运转着，变成了蓝色的可用能量流。

周勇："能量调节完毕!"

叶兰："对地球生物有危害的微能量元素已被过滤掉。"

洪崖兽将军："很好，可以发射了!"

周勇按下了发射按钮。

一股蓝色的 M5 能量流快速地射向了地球，到达后便快速地扩散了开来。

洪崖兽将军："总算完成了!"

周勇与叶兰打开了飞船的太空遥感监控视频。

视频上展现着一幅幅地球画面：

已开始融化的地球的南北两极的冰山已被冰封。

地球上各地的火山口已被冷却。

地球各地的鸟类与感染病毒的人类都已病愈。

地球上的人群在欢呼，欢庆他们躲过了一场地球大浩劫。

在黑洞星岛的 N 斯城堡内，N 斯博士懊恼地看着地球遥感视频，一脸懊恼的神情说道："这下彻底失败了!"

任务再次以失败告终，视频那边的卡沙担心 N 斯博士会销毁它，安慰道："博士，这不能怪您，是他们的 M5 能量球比我们的厉害!"

N 斯博士："对，只有超强的能量才能助我们统治整个宇宙!"

卡沙："博士，要不我们去截获他们的飞船，到时，您就能复制出很多的 M5 能量球了!"

N 斯博士想了想："嗯，地球的灾难已被他们拯救了，他们

也该现身了，你们马上做好追踪的准备！"

卡沙："遵命，我这就行动！"

N斯博士："为了确保此次行动能成功，我会另派怪兽军团去给你增援！"

卡沙欣喜地说："好的，谢谢N斯博士！"

在周勇他们的飞船内。

周勇："太好了，总算成功拯救地球了！"

叶兰站在飞船内的一面屏幕前说："洪崖兽将军，我们现在可以返回地球去了吗？"

洪崖兽将军："不行！"

叶兰懊恼地问："为什么啊？"

洪崖兽将军："N斯博士毁坏地球的诡计落空了，恐怕此刻正在暗处躲着，等你们出来自投罗网呢！"

星辉公主："你们不能回地球，如果你们被他们抓住了，可就糟了！"

叶兰："唉，都到地球的'家'门口了，却还是不能回去！"

周勇："理智点，叶兰，地球同胞的安危，比我们回家更重要！"

叶兰问视频上的洪崖兽将军："那我们现在该怎么办？"

洪崖兽将军："你们得引卡沙它们离开太阳系！"

叶兰："可是，离开太阳系后，我们该去哪里？"

洪崖兽将军："让我查一下太空系统图，看看哪颗星球是类似地球的行星并有他们需要的东西，这样才能吸引他们跟踪你们！"

周勇："好的，那我们等您回复！"

洪崖兽将军在银河系太空图上搜索了一阵后，便锁定了银河系的一颗蓝色星球。

洪崖兽将军："你们可以去 Kepler－22 恒星系的 Kepler－22b 行星，那颗行星与地球类似，而且那颗星球上有卡沙它们需要的东西！"

叶兰："将军，那颗星球上有什么东西是卡沙需要的?"

洪崖兽将军："你们去后就知道了！现在知道得太多，反而对你们不利，说不定会伤害你们！"

叶兰："上次去 Gliese 581c 行星，我们被蜥蜴族人追赶得很狼狈，将军能否告诉我们在这颗 Kepler－22b 行星上，有什么外星居民，我们好有心理准备！"

洪崖兽将军："这个呀，我可以用太空生物遥感扫描器搜索一下，但只能大概知道它们是什么，详细的要等你们去到那里才能知道了。"

叶兰："好的，谢谢洪崖兽将军！"

洪崖兽将军利用太空生物遥感扫描器扫描了一阵，发现在蓝色的 Kepler－22b 星球上，有很多巨大的蓝色与黑色的生物在活动着。

洪崖兽将军："这颗星球上的居民比 Gliese 581c 行星上的居民要大很多，它们的肤色是蓝色与黑色两种。"

叶兰："比蜥蜴族人大很多！糟了，那一定更难应付了！"

周勇："将军，它们生活在水里还是在陆地?"

洪崖兽将军："这就难说了，据太空生物遥感扫描器上显示，Kepler－22b 行星上只有十分之一的漂浮陆地，其他的都是

海洋!"

叶兰:"啊,这么说,这颗星球上拥有一个全球性的大海洋?"

洪崖兽将军:"可以这么说吧!"

叶兰:"看来前路险境未卜啊!"

周勇:"别怕,还有我呢,我会保护你的!"

洪崖兽将军:"另外,我曾听说那颗行星上存在着一颗超大的能量球,能发出一股奇异的能量之光,可以融化外星生物,你们过去后要倍加小心!"

叶兰:"谢谢洪崖兽将军提醒,我们会小心的!"

周勇:"只要能把卡沙它们引出太阳系,不管什么险境,我们都不害怕!"

洪崖兽将军:"祝你们顺利,我们在 Kepler-22b 行星见!"

视频对话结束后,周勇调试好了光能飞船的飞行模式,准备以千倍光速往 Kepler-22 恒星系赶去。

"嘀嘀嘀!"星辉公主又发来了声讯信息。

他们打开了声讯接收器。

星辉公主:"你们的飞船暂不能现形,等离开太阳系了再现形前进吧!"

叶兰:"好的,谢谢星辉公主的提醒!"

黑洞 N 斯城堡的指挥室内,N 斯博士正在它的遥感太空系统前,绞尽脑汁地搜索着地球轨道附近的异星球飞船的信号。

N 斯博士:"奇怪了,地球都被他们拯救了,怎么一点动静都没有呢?"

卡沙:"博士,我这边的太空飞船追踪系统,好像追踪到了细微的信号!"

N斯博士"赶紧锁定信号,查询一下他们现在的太空位置!"

卡沙:"遵命!"

卡沙在太空飞船追踪系统中锁定了信号的位置,之后搜索了太空系统图。

卡沙:"报告N斯博士!他们的飞船已离开太阳系,正往Kepler-22恒星系的太空航线飞去。"

N斯博士:"你赶紧追过去,并把他们的飞船信号与太空航线图发给我,我这边马上就派怪兽兵驾飞船追过去援助你们!"

卡沙:"是!"

很快,N斯博士就派了沙拉与古达从黑洞城堡起飞。它们是N斯博士从幻境怪兽森中挑选出来的最厉害的外星怪兽。

只见沙拉与古达所变的飞船,按照N斯博士指定的目的地——Kepler-22恒星系,箭一般地飞驰而去。

而在太阳系内的太空中,卡沙的飞船正快速地穿梭出太阳系,往Kepler-22恒星系飞去。

卡沙紧盯着面前的太空系统图上的信号。

卡沙:"不会是我看花眼了吧,他们的飞船也太快了吧?"

N斯博士拨通视频电话问道:"卡沙,他们的飞船现在到哪了?"

卡沙:"他们已进入Kepler-22恒星系,按飞船前行的方向来看,他们正往Kepler-22b行星飞去。"

N斯博士:"我去太空系统中搜索下那颗星球的资料!"

N斯博士搜索着资料,很快他便抬起了头,欣喜若狂地说

道：“哈哈哈，真是天助我也！”

卡沙：“博士，有什么好消息？”

N斯博士：“这颗 Kepler－22b 行星是一颗超强的能量星球，这颗星球上有一颗巨大的能量球，你们这次去一定要把它夺回来！”

卡沙：“博士，那颗能量球是不是要比白矮星岛的 M4、M5能量球都厉害？”

N斯博士：“这颗能量球的巨大威力在于它能把 Kepler－22恒星系的能量都吸收过来，并且保持 Kepler－22 恒星系的正常运转秩序。如果我们能夺到它，那整个 Kepler－22 恒星系的能量都属于我们了，哈哈哈！”

卡沙：“N斯博士，可是……要是弄不好，出危险咋办？”

N斯博士：“别再犹豫了，你们只要把它夺回来便可！”

卡沙：“好的，我们一定尽力！”

卡沙虽嘴上答应得很爽快，却在心底嘀咕：“那么强的能量，我们能控制得了吗？”

周勇与叶兰的飞船，此时已到达 Kepler－22b 行星的上空中。

巨大的蓝色、黑色外星生物，危险的巨型能量球，还有卡沙与怪兽军，都在等着他们……未来，充满惊险而又刺激的挑战！

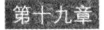

第十九章

拯救 Kepler－22b 行星龙兽

叶兰与周勇戴好异星语言翻译耳机，做好了降落前的准备。

周勇问叶兰："很快就要降落 Kepler－22b 行星了，你不害怕吗?"

叶兰："我怕什么呀，不是有你保护我嘛!"

周勇："好啊，你又在取笑我了!"

叶兰："我估计，卡沙它们的飞船追来了。要是咱俩被卡沙的黑洞飞船带走，那就真是危险重重，回不了地球了!"

周勇："卡沙不是被我们打败过吗，有什么好怕的?"

叶兰："你以为经过这么多次失败，它们还会按规则出牌?"

周勇想了想，说道："我想也不会了，N 斯博士这次一定会派强兵出动!"

叶兰："所以，我们得做好充分的战斗准备。"

周勇："启动飞船的降落程序，准备降落。"

叶兰："飞船正常降落，正在进入 Kepler－22b 的大气层！"

周勇："Kepler－22b 行星好美哦！"

叶兰："是的，好像比地球更蓝！"

周勇："可是这星球上好像没有大陆，那些陆地看起来，好像都是漂浮于海面的小岛似的！"

叶兰："看来真的同洪崖兽将军说的一样！"

周勇："我们必须锁定一个漂浮岛，准备降落！"

他们把下面的漂浮岛注上航标号，以防止迷失方向，同时锁定了其中的一个漂浮岛降落。

周勇："锁定 0028 号漂浮岛，准备降落！"

他们的飞船平稳地降落在漂浮岛上。两人走下飞船，抬头发现空中有一颗很大的黄矮星，像太阳似的，高挂在他们的头顶上方。

周勇："哇，这恒星看起来虽大，但是比太阳要暗淡很多！"

叶兰："是的，它就是 Kepler－22 恒星！"

在这个小岛上，生长着一些奇异的蓝色、黑色的灌木丛。

周勇："奇怪了，这星球上的植物怎么会是蓝色与黑色的？"

叶兰："可能与这个星球上的奇异能量有关，你还记得洪崖兽将军说过的吗？"

周勇低头沉思了一下："我想起来了，洪崖兽将军曾经说过，这星球上有两种动物，它们的肤色分别是黑色与蓝色的。"

叶兰"奇怪，这颗星球上的植物也是蓝色、黑色的两种。看来还真是有些蹊跷了！"

　　周勇："别胡思乱想，飞了那么久，我们得找个地方先休息一下。"

　　叶兰指着前面的不远处说："快看，那边好像有个山洞！"

　　周勇："走，我们过去看看！"

　　突然，从他们身后的大海中，传来了"呜——哇——"两声怪吼。

　　他们应声扭头一望，发现从那蓝色的大海中，倏地跃起了两条巨大的鳞爪飞扬的怪兽龙。

　　周勇直惊呼："哇，好大的怪兽龙！一蓝一黑！"

　　叶兰惊诧得睁大了眼睛："哇，这么大！难道它们是地球恐龙的移民？"

　　周勇："不对，虽然它们会飞，但是与恐龙中的翼龙不像！"

　　叶兰："你看，黑龙的外形与身上的鳞片很像地球的霸王龙，不同的是，它的后背上有一对巨大的飞翼，而它的额头上有一对黑色的弯钩状的尖角。"

　　周勇："蓝龙的外形倒有点像东方神龙，但它的头顶上长着很多白须，看起来像一条白发蓝龙，而脊背上的利箭又像箭龙！"

　　他们正议论着，那一蓝一黑两条怪兽龙已在空中咬杀了起来！

　　"呜——"只见那条黑龙腾跃在空中，扑咬向了蓝龙的腰身，蓝龙身子一闪躲开了黑龙的扑击。

黑龙再次跃起，一个俯冲咬向了蓝龙的脖子，蓝龙竖起了脊背上的蓝色利箭射向了黑龙！

黑龙躲闪不及，被击中了一箭。

"呜哇"一声狂吼，黑龙火了，耸动着头顶上的一对黑角，朝蓝龙射出了一股股黑色的汁液，蓝龙东飞西窜地躲闪着。

黑龙追击着，飞扑到蓝龙的上面，朝蓝龙的眼睛射去了一股黑色的汁液。

蓝龙不甘示弱，从嘴中喷吐出了一股蓝色的水柱，把黑龙一下子冲出了老远。

黑龙飞跃到空中，伸长着脖子，恼怒地朝蓝龙喷吐出了一股黑色的能量流。

蓝龙躲闪开来并腾空而起，在空中盘旋了一圈后，临空而下地朝黑龙喷吐了一股蓝色的能量流。

只见两股能量流在空中激烈地对峙着，慢慢地，蓝龙与黑龙便被包围在这两股能量流中……

两条怪兽龙经过长时间的决战，累得浑身直颤抖着。

周勇："糟了，照这样下去，它们都有危险了！"

叶兰："看样子，它们俩的能量相当，不相上下，再这样僵持下去，可能会两败俱伤！"

周勇："是的，看样子，它们都快支撑不住了！"

叶兰："我们得帮帮它们了！"

周勇："快，我们发射 M5 能量弹，把它们俩给分开！"

说着，他们返回飞船，启动了飞船的能量系统，瞄准了黑龙与蓝龙对峙产生的巨大能量团的中心处。

周勇："准备完毕，发射!"

他们发射的 M5 能量弹，击破了那个巨大的半蓝半黑的能量团。

只听见"轰隆"一声巨响过后，蓝龙与黑龙从空中掉落下来，掉入了蓝色的大海之中。

叶兰："太好了，它们终于得救了!"

那蓝龙与黑龙刚掉入水中，便被水中的蓝龙群与黑龙群拥簇着，潜入水底去了。

水面翻腾过一阵浪花后，恢复了平静。

周勇余惊未了地说："刚才可真是惊险的一战，我们也得找个地方好好休息一下!"

他们走下飞船，按下能量腰带上的按钮，收起了光能飞船。

叶兰："刚才我们发现那边有个山洞，不如进去看看，找个地方休息一下。"

周勇："我突然想起了一件事，我们暂时还不能休息!"

叶兰不解地问："为什么呀?"

周勇："依我看，咱们得先去找到洪崖兽将军所说的那颗巨大的能量球!"

叶兰："为什么，得到那东西有用吗?"

周勇："我们不是要用它，只是不能让那颗巨型能量球落入卡沙的手里。你看看它们刚才决战时那能量的威力，如果被卡沙夺去的话就糟了!"

叶兰："那我们去附近找找看！"

周勇："还有，我们得小心点，那颗能量球的威力很大，要是它把我们融化了就完了！"

叶兰："好的，我们见机行事！"

周勇："走，我们去那边的山洞中找找线索。"

他们说着便走入了那个山洞中。

在东部海底的蓝龙洞中，刚才决战的那条巨大的蓝龙，已躺在一张巨大的龙石床上歇息。

原来，它就是 Kepler－22b 行星上的蓝龙兽国的国王。

在它的旁边，有几条大小不一的蓝龙正在与它协商着什么。

蓝龙将："大王您怎样了？有没有受伤？"

蓝龙兽国王："还好，刚才要不是那股异星球能量把我与黑龙王分开，我们俩估计要被融化在能量流中了！"

蓝龙将："大王，我看飞船上的外星人不安好心，我们把他们抓来审问吧！"

蓝龙兽国王："胡扯，人家把我们分开，又没趁机伤害我们，目的很明显，他们只是为了救我们！如果是伤害我们，在我们对峙决战时，就该向我与黑龙兽国王开战了！"

蓝龙将："是，大王！"

蓝龙兽国王："暗中保护他们，不要让他们被黑龙兽国王伤害！"

蓝龙将："是，遵从大王的吩咐！"

而此时，在星球西边的一个漂浮岛底的黑龙兽国王的洞府内，黑龙兽国王的嘴里正吐着黑色的血液。旁边有两条黑龙在向它传输黑色能量。

黑龙将："大王，都怪那飞船上的外星人，发射那种古怪的能量弹把您伤成这样，我们找他们算账去！"

黑龙兽国王："你们别去……你们不是他们的对手！"

黑龙将："可是我们龙多势众，把他们干掉很容易的！"

黑龙兽国王吐掉了嘴里的一口黑血，用深沉沙哑的声音，接着说道："你误解了我的意思了，我是说，你们不能去伤害他们！"

黑龙将："为什么呀？"

黑龙兽国王："他们刚才是救了我，但是我不知道他们来我们星球有什么企图。所以，在没弄明白他们的目的之前，你们不能去伤害它们！"

黑龙将："是，大王。我会派兵盯紧他们的！"

再说周勇与叶兰他们正沿着一条狭长的石洞道往里走去。

叶兰："怎么越走越闷热了？"

周勇："这就对了，说明我们正在朝能量球的方向靠近！"

叶兰："走快点吧，我快闷热得喘不过气来了！"

他们快步往前走去。走了一段后，来到了一个双岔洞口。

叶兰："这里有两个洞口，我们该走哪条洞道呀？"

周勇："等等，我们先分开，各自走进一个洞内看看！数到

十时出来，然后再做决定走哪条洞道。"

"好的！"叶兰说着，走入了左边的那个洞，感觉里面有奇怪的声音，在洞道的深处呜咽地回响着。

周勇走进了右边的那个洞内，感觉里面静悄悄的。

两人在那两条洞道内，听了好一会儿，而后，两人又转身出来在洞口处会合。

周勇："右边的这个洞内好像很安静！"

叶兰："左边的洞道深处，好像有怪兽在叫。我们可不能去惹恼了怪兽。"

周勇分析道："能量球不可能藏在吵闹的地方，那我们就从右边的洞口进去吧！"

于是，他们一前一后地走入了右边的那条洞道。往前没走多远，便进入了一个空旷石室中。

周勇："哇，这里怎么大得像个村庄！"

叶兰："我怎么感觉这里面空旷得阴森森的？"

第二十章/
探巨型能量球下落

周勇："这么大的石室，难道会有能量球吗？"

叶兰想了想，分析道："能量球应该藏在比较偏僻的地方，我们在这附近找找偏僻的小洞道吧。"

周勇扭头朝四周望了望，见左侧的不远处，有一个洞道入口，便到洞口处看了看。

周勇："叶兰，快过来，这边有一条洞道。"

"好的，来了！"叶兰走了过去，跟在周勇的身后。

往前走了一段后，他们便发现那条洞道很奇怪——只见前面的洞道中，石洞壁与洞顶都是由奇异的蓝色石板堆砌而成的，而石洞的地面，则平坦地铺着雪白的奇异几何图形的石板。

叶兰："我感觉有点不对劲，这条石洞道的配色完全与蓝龙身体的颜色相符。蓝龙的身子与后背都是蓝色，只有肚皮是白

色的!"

周勇:"你的意思是……"

叶兰略带紧张地说:"可能这里离蓝龙的巢穴不远了。"

周勇:"那说不定巨型能量球也就在这附近了,我们快往前面走走!"

叶兰:"为了安全起见,我们还是隐形吧!"

周勇:"对,不能让它们发现我们!"

说着,他们按下了隐形光能分身棒的"隐形"按钮,蹑手蹑脚地往里走去。

突然,他们发现脚下的白色石洞地面竟高高地隆起,并快速地涌动了起来。

周勇:"啊,糟了,我们一定是误入蓝龙怪兽的身体里面了!"

叶兰:"不会吧!那怎么办?"

周勇:"赶紧往来路的方向跑,乘洞口还没关闭,赶紧出去!"

他们跑出那条侧洞道后,又继续沿着大石洞道往前跑去。

叶兰在后面大口地喘着粗气,叫住了周勇:"等等,我们刚才一定是弄错了!"

周勇:"怎么了,难道刚才不是在怪兽的肚子里?"

叶兰:"那条洞道的下面,一定是蓝龙的一条暗洞道的入口。你看那底下隆起的地方,好像有巨大的蛋一样的东西。"

周勇:"难道那里是蓝龙孵蛋的地方?"

叶兰:"我猜它们可能是利用能量在孵龙蛋!"

周勇："照这样分析，那洞道的下面一定有能量球了！"

叶兰："是的，所以我们还是得再进去探个明白！"

周勇："那好吧，我们反正隐身了，它们看不见的，进去看看也无妨！"

于是，他们又蹑手蹑脚地走进刚才的那条石洞道中。

当他们再一次走进这条石洞道时，令人惊诧的事情发生了。

他们刚才发现的隆起的那一段路面，此时却被掀开了，只见里面摆放着很多蓝龙蛋，而在蛋的下面，有一股蓝色的能量流正在往上弥漫着。

叶兰："看！果真是用能量在孵蓝龙蛋！"

叶兰正准备靠近，周勇在后面阻止了她。

周勇："别过去，它们快出来了！"

这时，蓝龙蛋上传来了"咔嚓！咔嚓！"的声音，一个个裂开来了。

"叽叽！叽叽！"一只只浑身湿漉漉的蓝龙，从裂开的龙蛋壳中爬了出来。

叶兰："哇，好可爱的蓝龙！"

周勇："的确与大蓝龙长得很像！"

叶兰："看样子，那股蓝色能量是从洞道底下冒上来的，一定是由能量传输管道传输过来的。"

周勇："那这么说，那颗能量球不在这条洞道底下，而是在别处了！"

叶兰："嗯，我们去别处找找看！"

于是，他们沿着那条洞道，一直往前走去。

这时，他们的身后传来了"叽叽"的幼龙叫声。

叶兰应声回头一望，令她感到诧异的是——那些蓝龙幼仔竟然一只接一只地跟着追了过来。

叶兰："奇怪了，它们怎么跟过来了？难道它们能看到我们？"

周勇："不对，我们隐身，它们是看不到的。估计它们饿了，排队去那边寻找食物吧。"

叶兰："那让它们先过去吧！"说着，他们侧身躲到一边，那些蓝龙幼仔果真没有发现他们，"叽叽"地叫着往前走去。

周勇："我们不妨跟上去看看它们去哪里进食？也许能找到巨型能量球的线索。"

叶兰："好的！"

只见那些蓝龙幼仔一扭一扭地走到前面的双岔洞口后，便进了左边的那个洞口。

周勇："它们跑得好快，我们别跟了，找巨型能量球的任务要紧！"

叶兰："我们往右边的那个洞口进去找找看吧。"

可他们才往前走了没多远，却听到了蓝龙幼仔的惊叫声："呜呜！叽叽！"

叶兰警觉地停住了脚步，扭头对周勇说道："这叫声不对劲，小蓝龙一定是遇到危险了！"

周勇："那我们回去帮它们！"

他们转身，往蓝龙的叫声方向跑去。

果然，在蓝龙幼仔的前面，有一只巨大凶猛的黑龙兽正张牙舞爪地扑咬向了小蓝龙。

"啊，危险!"他们飞跃而起，现身而出，挡在了小蓝龙的身前，各自挥舞着手中的光能剑，与那条巨大的黑龙兽打斗了起来。

周勇挥舞着蓝色的光能剑，一剑便刺中了黑龙兽的后背。黑龙兽"呜哇"地痛叫一声，闪开身子，却不料被叶兰挥舞着的红色光能剑刺中了脖子，划破了一道口子。黑龙兽痛得狂叫，腾空往后一跃，张嘴朝叶兰与周勇他们所在的方向喷吐出了一股黑色的能量流。

"啊!"周勇与叶兰顿时感觉一股巨大的冲击力，朝他们排山倒海般地推击而来。

他们与那些蓝龙幼仔被一下子冲击到了石洞外面的海滩边上。

过了一会，叶兰与周勇从地上爬了起来，正要把小蓝龙赶入大海中逃生，却见那只巨大的黑龙兽凶猛地追击了出来。

眼见着那只巨大的黑龙兽就要扑咬向那群蓝龙幼仔，却听见"扑通"一声，从左边不远处的大海中，跃起了一条巨大的蓝龙，挡在了蓝龙幼仔的前面，与那只凶猛的黑龙激战了起来。

周勇与叶兰乘机把那些蓝龙幼仔赶入了大海中，一群巨大的蓝龙浮游到了水面，把那群蓝龙幼仔给接走了。

他们正准备转身往岸边回走，一只巨大蓝龙突然从水中跃起，挡在了他们的面前。

蓝龙用奇异的苍老声音招呼他们："两位请留步!"

周勇："你们是想再战一局吗?"

蓝龙声音爽朗地笑了："哈哈，我们蓝龙家族从不与恩人决战！"

叶兰："那你们想干什么？"

蓝龙："我们想邀请你们去蓝龙宫做客！"

周勇尴尬地笑了笑，说道："抱歉，我们不会游泳，下次去吧！"

叶兰也说道："谢谢，你们的好意我们心领了！去蓝龙宫就免了吧，嘿嘿……"

蓝龙："我是蓝龙将。抱歉，是我们的王诚心邀请你们去做客！"

周勇："你们的意思是我们不想去也得去，是吧？"

蓝龙将边说边打着友好的手势："是的。但是请放心，我们绝不会伤害你们的！"

周勇考虑了片刻："那好吧，我们去！"

蓝龙将引他们走到大海边，朝周勇与叶兰做了一个请的手势，邀请他们走进蓝色的大海边停着一艘半蓝半银白色的潜艇。

他们刚一进去，便见自称蓝龙将的那条蓝龙变形成了一头白发、蓝色眉毛、蓝色鼻子，浑身披着蓝鳞，身着银色盔甲战衣的蓝龙将。

蓝龙将："好了，两位外星盟友，可以往我们的蓝龙王宫出发了！"

它熟练地驾驶着潜艇，往海底深处驶去。

很快就潜到了深海处。周勇与叶兰感觉潜艇快速地在蓝色的海底前行着，眼前的观光视频上显示有一些奇异的水草飘浮着，还有一些奇异古怪的海底动物在海底游动、行走着。

叶兰："哇，想不到 Kepler－22b 行星上的海底生物这么丰富多彩呀！"

蓝龙将："我们星球上的蓝龙兽居民都生活在海底。那些是我们种植的海底菜园，那些可爱的动物是我们养殖的牲口！"

叶兰："我们可以拍照吗？"

蓝龙将："抱歉，我们蓝龙兽国的国法规定，所有外星来客，都不能拍照！"

周勇："这是为什么呀？"

蓝龙将："因为我们不想泄露我们星球上的美景，以免不友善的外星客入侵！"

周勇与叶兰吐了吐舌头，打消了拍照的想法。

很快便到了蓝龙兽国王的宫殿，蓝龙将按下了一个绿色的按钮，打开了潜艇上面的出口。

周勇领先走出潜艇，惊诧地发现：眼前有一座半蓝半银白色的宫殿伫立在他们的面前，而在这座宫殿的四周，则被一股蓝色的能量流环绕着，四周的蓝色海水都被这股蓝色的能量流隔挡在外面了。

他们正东张西望时，一扇银色的宫殿门打开了，蓝龙兽国王已变形成了头戴金色头盔，身着金色盔甲的国王模样，站在门口处亲自迎接他们。

第二十一章
访蓝龙兽海底皇宫

蓝龙兽国王做了一个请的手势："欢迎外星盟友来访！"

说着，便把周勇与叶兰他们迎入了宽敞、气派的银色大厅。

大厅的桌子上摆放着很多奇异的水果，周勇正要伸手抓来吃，叶兰在一旁用心语提醒他："不要随便乱吃！"

蓝龙兽国王见他们诧异的表情，爽朗地笑了，说道："两位请放心享用！我们这次邀请两位来皇宫，是为了感谢你们两次救了我们！"

叶兰："蓝龙兽国王，您太客气了，这是我们应该做的！"

蓝龙兽国王："不知两位外星盟友，来自哪个星系？"

周勇："我们来自太阳系的地球行星！"

蓝龙兽国王好奇地问道："这次来我们星球有什么使命在身吗？"

周勇不敢道出实情，只是说："我们本来是想去白矮星的，路过贵星球时，就顺便来旅游一下，没有恶意。"

178

　　蓝龙兽国王捋着他那蓝色的长须，点了点头，继续试探道："那不知两位对我们星球比较感兴趣的奇景或异事有哪些？我可以为你们解开谜底……"

　　周勇想了想，好奇地问道："我们这些天旅游时，发现你们与黑龙兽族一直在决战，我们不明白，你这两大龙兽家族有什么仇恨？"

　　蓝龙兽国王："这得从很多年前说起了。我们的祖先本来不是 Kepler-22b 行星居民，在一万年前，我们蓝龙兽的祖先与黑龙兽的祖先分别移居到了这个星球。

　　"那时候，这个星球上一半是陆地，一半是海水。黑龙兽的祖先与蓝龙兽的祖先发生了一场大决战，最后，黑龙兽的祖先胜了，它们要求居住在陆地，把我们蓝龙兽的祖先赶入了大海中生活。"

　　叶兰："那后来呢？"

　　蓝龙兽国王说到这里，喝了一口蓝色的饮料，说道："本来这样也就相安无事了，可是哪知这星球上的陆地都是漂浮在浮冰上的。

　　"随着黑龙兽国大肆建造陆地宫殿，并开发陆地上的矿产，制作成了铁盒子状的房子，房子上还挂着很多温度调节器（类似地球空调）。陆地环境逐渐被它们污染。由于环境的失衡，气温升高，陆地底下的浮冰便渐渐融化了，陆地一块块地沉入了大海中。可黑龙兽国却怪我们蓝龙兽国捣鬼，把陆地挖空，沉入了大海。"

　　周勇："那它们现在居住在哪里了？"

　　蓝龙兽国王："黑龙兽家族经过这么些年的进化，也渐渐可

以在水中生活了。现在，大部分的黑龙兽族的居民已移居到了水中，而那些浮在水面的大陆，大多成了我们蓝龙兽族与黑龙兽族放置龙蛋、繁殖幼仔的基地。"

叶兰："那你们现在对战是为了争夺水域领地吧？"

蓝龙兽国王："一半是吧，另一半原因是我们星球的秘密，我就暂无可奉告了！"

周勇："国王谨慎是好事，我们还有一事不明：我们刚才在保护小蓝龙时，与黑龙兽发生了决斗，它们的能量好厉害，把我们与小蓝龙仔都冲出了洞外，它们怎么有那么大的威力？"

蓝龙兽国王："是的，因为黑龙兽国的能量与我们蓝龙兽国的能量，都来自于很多年前各自的祖先从外星球携带来的两颗能量球！"

叶兰："能量球？什么样的能量球会这么厉害？"

蓝龙兽国王接着说道："当年我们的祖先迁居到这颗星球后发现，由于地心能量不稳定，导致星球的物体失重，黄沙漫天，海潮汹涌，海浪澎湃。为了稳住这颗星球的地心，蓝龙兽族与黑龙兽族的祖先，便把一黑一蓝两颗能量球合二为一，合成了一颗超大的能量球，放入了海底深处的洞道中，这才把这颗星球的地心稳控下来。"

周勇与叶兰恍然大悟地回应道："哦，原来是这样呀！"

叶兰："那么这颗巨大的能量球，现在还在海底吧？"

蓝龙兽国王："是的，但是每隔一百年，这颗巨型能量球会分成蓝、黑两颗能量球，从大海中钻出来一次以选'龙兽星球领主'，而今年就是能量球出来选'龙兽星球领主'的年度。所以，在我们星球上，今年将是一个'决战之年'！"

叶兰与周勇明白了事情的缘由后，也觉得没必要再打扰它们了。于是，他们便客套地向蓝龙兽国王告辞。

叶兰："感谢蓝龙兽国王的盛情款待，我们就告辞了！"

蓝龙兽国王："好的，也欢迎你们下次再来我们的蓝龙皇宫做客！"

说着，蓝龙兽国王招呼蓝龙将用潜艇送周勇与叶兰从海底皇宫回到了大海边。

此时卡沙驾驶的 0078 号黑洞飞船，已到达 Kepler－22 恒星系并向 N 斯博士报告位置。

卡沙："博士，0078 号黑洞飞船已航行到 Kepler－22 恒星系，很快就到 Kepler－22b 行星了。"

N 斯博士："明白。你与沙拉、古达它们联系上了吗？"

卡沙："报告博士，已经联络上。我们将在 Kepler－22b 行星的北纬 33 度处会合！"

N 斯博士："很好，你们这次一定要把 Kepler－22b 行星上的巨型能量球给夺回来！"

卡沙："遵命，博士！"

来到 Kepler－22b 行星的上空中，卡沙便在太空系统的 Kepler－22 恒星系太空图上锁定了 Kepler－22b 行星。

而沙拉与古达变形的飞船从 Kepler－22 恒星系内的一个黑洞内飞钻了出来，并改变了航向，往 Kepler－22b 行星的方向飞了过去。

古达开始呼叫卡沙："古达呼叫卡沙，我与沙拉已出了黑洞，正往 Kepler－22b 行星的方向飞行，很快将赶到 Kepler－22b 行

星的北纬 33 度处。"

卡沙："信息收到,会合后,我们准备去搜索 Kepler－22b 行星超大能量球的下落。"

古达："收到,好的!"

沙拉："收到,明白!"

在 Kepler－22b 行星上,叶兰与周勇则躲在一个山洞中休息,这些天来,他们为了打探 Kepler－22b 能量球的下落,已四处奔波好些天了。

他们在一个空旷的山洞中找了一个干燥的地方,躺倒在地上睡着了。

在梦里,叶兰与周勇又梦见了星辉公主与洪崖兽将军。

洪崖兽将军将军:"你们发来的信息已收到,我们正火速赶往 Kepler－22b 行星!"

周勇:"好的,将军!"

星辉公主:"另外,还有一个不好的消息要告诉你们:据我们的星际信息扫描系统发现,除了卡沙的黑洞飞船,另外还有两艘外星怪兽飞船从 Kepler－22 恒星系内的一个黑洞内飞出,正往 Kepler－22b 行星的方向飞来!"

叶兰:"这两艘飞船来自哪里?"

星辉公主:"据我们探测的情报来看,那两艘怪兽飞船曾与卡沙的飞船有过信息联络,一定是 N 斯博士派来增援的!"

叶兰一脸惊诧地说:"啊!"

周勇:"看来一场恶战在所难免了!"

叶兰:"不知它们此次来 Kepler－22b 行星的主要目的是

什么?"

洪崖兽将军:"从现在的情况来看,除了对付你们两个,N斯博士一定还有别的阴谋!"

周勇:"我们大家得小心防备!"

星辉公主:"在我们没赶到之前,你们一定要保护好Kepler-22b行星上的巨型能量球,以免被卡沙它们夺走了!"

叶兰:"是,我们会全力以赴!"

说完,叶兰与周勇便从睡梦中惊醒了过来。

卡沙驾驶的0078号黑洞飞船这时已飞到了Kepler-22b行星的上空。

很快,0078号黑洞飞船与古达、沙拉所变形的飞船,在北纬33度处会合了。

卡沙立马给古达与沙拉分配了工作任务。

卡沙利用声讯系统分说道:"古达,你去北边搜寻巨型能量球!沙拉,你去南边搜寻巨型能量球!"

古达:"是!"

沙拉:"收到!"

卡沙:"我去东边与西边,开启综合式搜索!"

而后,三艘飞船便分开去打探巨型能量石的下落。

第二十二章
夺巨型能量球之战

　　卡沙驾驶着 0078 号黑洞飞船，往波涛汹涌的蓝色海面上空飞去。

　　它一边搜索巨型能量球，一边在心底嘀咕："天哪，想不到 Kepler－22b 行星上的海洋面积这么大，看来，N 斯博士所说的那颗巨型能量球，一定是藏在大海中了！"

　　说着，它启动了飞船上的异能量搜索系统。

　　只见卡沙的飞船上面，有一道刺眼的紫光朝海面扫射了过去。但是，它面前的电脑上搜索系统却显示："无异星球能量信号。"

　　卡沙着急了，嘀咕着："奇怪了，这茫茫大海中还真是不好找这颗能量球！会不会是被那些白矮星的外星人给夺走了呢？对了，我搜索一下他们的飞船信号！只要找到他们所在的具体位置，也许就能找到能量球的所在位置了！"

很快，卡沙就搜索到了周勇他们的白矮星光能飞船的信号，它锁定了信号所在位置，往那边快速飞去。

可是卡沙刚往前飞行没多远便惊恐地发现，能量搜索系统上显示有一蓝一黑两股巨大的异星球能量流，正向它飞船的方向袭来。

"啊！"卡沙的飞船顿时在空中东摇西晃地飘荡着，差点坠落。

卡沙调整了飞船的"异能量流冲击承受力"并在心底惊呼："糟糕，得想法应付这股能量流，否则就要坠毁了！"

卡沙眨了一下眼睛，灵光乍现："噢，有了！"

它打开了飞船的两个能量吸收器，把那两股袭来的蓝色、黑色能量流分别吸入了0078号黑洞飞船的两个能量储存器内。

那蓝色、黑色两股能量流在卡沙飞船的能量储存器内剧烈地翻腾着，导致卡沙驾驶的飞船在空中颠簸着，急得它怪叫。

卡沙："啊，这是什么鬼能量，怎么这么难掌控？"

卡沙急中生智，按下了能量储存器的"能量封存"按钮，把这两股异能量封存了起来，这才让飞船稳定了下来。

卡沙嘀咕："刚才好险，总算稳住了，看来这股异星球能量还真是不好掌控，我得找个机会把它处理掉，要不然以后会有危险了！"

卡沙稳住了飞船后，便根据捕获的信号往周勇他们飞船降落

的方位飞去。

卡沙："我一定要抓到那两个白矮星的外星人，只要把他们飞船内的 M5 能量球夺到，N 斯博士就可以复制出很多超强的 M5 能量了！"

很快，卡沙的飞船来到了周勇他们飞船降落的那座漂浮岛的上空中。卡沙朝下面的漂浮岛上发射了一颗黑洞能量弹，漂浮岛上响起了"轰隆隆"的爆炸声。

在地下石洞道中睡得正香的周勇与叶兰被吵醒了。

周勇："糟了，一定是蓝龙兽国王与黑龙兽国王又打起来了！"

叶兰："不对，这声音很像卡沙的能量弹的声音！"

周勇："啊，那家伙这么快就追来了?!"

叶兰："我们赶紧出去，准备应战！"

说着，他们从石铺上爬起，变形成白矮星战士，隐身往洞外跑去。

刚跑到石洞外，他们发现果真是卡沙的飞船，正虎视眈眈地在上空中盘旋着。

叶兰与周勇按下腰间的能量腰带按钮，变形出了一蓝一红两艘战斗飞船，他们驾驶着飞船腾空而起，包抄向了卡沙的 0078 号黑洞飞船。

卡沙："嘿嘿嘿，果真不出我所料，你们真躲在这里了！"

叶兰驾驶着红色光能飞船说："我们也猜到是你一定会追来！"

周勇驾驶着蓝色光能飞船说："来吧，你这个狂妄的侵略者！"

卡沙："嘿嘿，你们今天死定啦！"

叶兰："哈哈，还不知谁死谁手呢？"

卡沙："懒得同你们废话了，看招！"

卡沙说完，便朝它面前的那一蓝一红两艘光能战斗飞船"轰隆、轰隆"地发射起了能量弹。

周勇与叶兰驾驶的那一红一蓝两艘战斗飞船，一左一右地躲闪开来。

卡沙："看来不狠点不行了！"

卡沙开启了"能量封存"的按钮，把那股蓝色异能量排放到了能量储存器内。

而后，卡沙飞到上空中，一个俯冲便朝下面的一蓝一红两艘战斗飞船发射出了超强的异能量弹。

"啊！"周勇与叶兰只感觉各自的飞船被一股巨大蓝色异能量弹击中，被轰出了好远！飞船在空中打着圈儿，东摇西晃地盘旋了好一阵，才总算稳定了下来。

周勇余惊未了地说："刚才这能量弹的威力，感觉与龙兽的能量流一样大哦！"

叶兰也惊诧地说："啊，难道卡沙已拿到 Kepler－22b 行星上的巨型能量球了？"

周勇："先别管那么多，小心作战！"

叶兰："好的，准备双面夹攻吧！"

他们驾驶的一蓝一红两艘飞船再次包抄向了 0078 号黑洞飞

船，并把"攻击能量"调到了最高值。

而后，他们一左一右地朝卡沙的飞船发射起了光能弹。

卡沙的飞船被击中了几弹后，便隐身不见了踪影！

周勇与叶兰正搜寻它时，卡沙驾驶的飞船倏地又从上空中出现，朝他们发射了一种蓝色的能量弹。

周勇："啊，糟糕！快闪开！"

可他的话还没说完，他与叶兰的飞船便被击了个正着。

周勇与叶兰驾驶的飞船，直往下面波涛汹涌的蓝色海面坠落而去，眼见着他们的飞船便要被坠入大海中了。

忽然，从大海中跃出了一黑一蓝两头巨兽龙，蓝龙兽用尾巴卷接住了周勇驾驶的飞船，黑龙兽则张开双爪接住了叶兰驾驶的红色飞船。

蓝龙兽把蓝色飞船轻放到了漂浮岛上。

黑龙兽则弯腰蹲下身子，准备把飞船往下扔去。红色飞船内的叶兰，惊诧得眼睛瞪得大大的，以为黑龙兽会把她驾驶的红色飞船摔毁，哪知黑龙兽却弯下了腰，把红色的飞船轻轻地摆放在了对面的另一座漂浮岛上。

而后，便见蓝龙兽、黑龙兽各自退后了几步，在大海上摆开了决战的架势。

上空的卡沙见此情景，立即把飞船隐形，并通知沙拉与古达火速返航。

卡沙："沙拉、古达，请快速往我飞船所在的位置返航，待命准备决战！"

沙拉："是！"

古达："收到，马上返航！"

卡沙把视频设置成了俯瞰模式，见下面的大海上巨大的黑龙兽与蓝龙兽各站一边，它们正认真地俯视着水面，仿佛在等候着什么的出现。

很快，那蓝色的海面上波涛汹涌，在蓝龙与黑龙面前的水面上，分别显现了一个巨大的漩涡……

漂浮岛上停着的光能飞船内，周勇与叶兰也惊诧地望着。

周勇："啊，它们那是在干什么？"

叶兰："它们可能是各自在引出海底的能量球！"

周勇："嗯，看来它们的巨型能量球选'龙兽星球领主'的大决战要开始了！"

果真，从黑龙兽与蓝龙兽面前的海流漩涡中，各自托起了一颗几吨重的巨型能量球，不同的是，黑龙兽面前的能量球是黑色的，而蓝龙兽面前的能量球是蓝色的。

上空中隐形 0078 号黑洞飞船中的卡沙也感到十分的惊诧。

卡沙诧异地嘀咕："奇怪了，博士不是说只有一颗巨型能量球嘛，怎么变成两颗了？到底哪颗是真的，哪颗是假的？"

这时，它面前的太空系统视频上显现出了 N 斯博士的脸。

N 斯博士："卡沙，看到了吧？就是这两颗能量球，你们赶紧夺走它！一旦这两颗能量球合二为一，它的威力就不是你们所能掌控的了！"

卡沙："原来两颗都是真的呀！是，博士！我们马上行动！"

古达与沙拉的飞船也已赶过来了。

卡沙："古达与沙拉听令！待会你们俩掩护我，我打开能量吸收器，去把那两颗能量球吸走。"

古达："是！"

沙拉："遵命！"

说着，古达与沙拉的变形飞船便在上空中隐形，并往下盘旋着降落，而卡沙的隐形飞船正好飞行在这两艘飞船的中间。

古达与沙拉的怪兽飞船刚飞到海面上漩涡中的那两颗能量球的上空时，就变形成了两只巨大的外星怪兽，从空中俯冲而下，与海面上的蓝龙兽与黑龙兽激战起来。

古达变形成了一条巨大的紫色怪兽蛇，与蓝龙兽在海水中拼命地咬杀。

沙拉则变形成了一只巨大的六腿双尾褐鳄兽，与黑龙兽激烈地决斗。

卡沙驾驶的飞船从上空中现身而出，飞到了那一黑一蓝两颗巨型能量球的上空中，打开了能量吸入舱，瞄准了目标。

果真，那两颗巨型能量球被卡沙飞船的能量磁场所吸引，从海面上慢慢飞起，往卡沙的飞船飘去！

周勇："糟了，卡沙来夺能量球了！"

叶兰："快，保护能量球！"

他们驾驶着变形光能飞船，从漂浮岛上飞起，飞向了卡沙的飞船并发射出一连串的 M5 能量弹！

眼见着那两颗巨型能量球快要吸入到卡沙飞船敞开的舱口处

了，卡沙全神贯注地操控着不敢分神，生怕能量球会掉落下去。

驾驶着飞船的叶兰与周勇瞄准了上空中卡沙飞船的能量吸入舱门处，发射了一排 M5 能量弹。

只听见一阵"噼里啪啦"的声响过后，卡沙的能量吸入舱的舱门处便被击破了几个洞口，卡沙吓得关上了能量舱的内舱门。

那一黑一蓝两颗能量球失去了能量磁场的引力，便从空中掉落了下来，落入了海水中。

卡沙恼怒地调转了飞船头，朝叶兰与周勇他们的飞船连续地发射了几颗蓝色能量弹。

周勇与叶兰的飞船被击得各自在空中后翻了几圈，就要坠落大海中了。

在这十分危急的时刻，星辉公主与洪崖兽将军驾驶着白矮星号战斗母船已飞到了上空。

星辉公主打开了接应舱，洪崖兽将军用"能量召唤器"把周勇与叶兰的飞船吸入了母船内！

在母船舱内，周勇与叶兰见到了星辉公主与洪崖兽将军，叶兰高兴得欢呼："太好了，你们终于赶到了！"

洪崖兽将军："你们俩先休息一会，让我们与他们决战！"

卡沙见白矮星岛的战斗母船赶来，打开了能量弹的发射器，朝上空的白矮星战斗母船发射了一串能量弹！

白矮星战斗母船的机身被击得直摇晃了几下，洪崖兽将军诧异地问道："这家伙用的是什么能量弹，怎么威力这么大！"

周勇："它们的飞船能量舱可能吸到了一股这个星球上蓝龙

兽的能量!"

洪崖兽将军:"坚决打击黑洞怪兽军,不能让它们夺走能量球危害整个宇宙!"

星辉公主:"是,启动第二套战斗模式!"

白矮星巨型战斗母船上朝下方卡沙的黑洞飞船发射了一颗颗银色的巨型能量弹,把卡沙的黑洞飞船的机身击穿了几个洞口。

卡沙:"啊,糟了!古达、沙拉,那两颗能量球已掉入大海中,你们俩赶紧潜入海水中,把能量球夺回!"

说完,卡沙把飞船隐形,紧急离开修理飞船去了。

第二十三章 /
正义与邪恶的星际之战

在下边蓝色的海面上，古达与沙拉所变的紫色怪兽蛇与六腿褐鳄兽接到呼叫信息后，推开正与它们决战的蓝龙兽与黑龙兽，潜入水中去抢夺能量球了！

"能量球不能被这群混蛋夺走了！我们赶紧下去保护能量球！"黑龙兽与蓝龙兽也潜入了水中，去寻找各自的能量球。

在下面蓝色的大海中，那两颗能量球在争夺的浪涛中东飘西荡地漂浮着。

就在六腿褐鳄兽伸手快要夺到黑色能量球时，黑龙兽张嘴咬向了褐鳄兽的长尾巴，用力往后一拖，黑色能量球便被它们激起的浪涛冲出了老远。

而此时古达所变的紫色怪兽蛇的嘴里，已咬住了蓝色能量

球，正准备往海面游去，却不料蓝龙兽从上面的海水中扑腾了过来，一口咬住了它的腰身。

紫色怪兽蛇疼得直咧嘴，在海水中翻腾着身子，"呜哇、呜哇"地怪叫，蓝色能量球再次掉入了大海中。

蓝龙兽乘机把蓝色能量球用尾巴一扫，甩出了老远，却不料正好甩到了黑色能量球的附近。

顿时，两颗能量球上空闪出了一股奇异之光，竟然相互吸引在一起。

蓝色能量球围绕着黑色的能量球，快速地运转。之后，越转越快，越转越快，蓝色能量球化成了一圈圈蓝色的光圈，把黑色能量球包围了起来，合二为一，变成了一颗巨大的半黑半蓝的巨型能量球！

古达与沙拉见在海水中没法夺到这颗巨大的能量球，急忙钻出海面，各自变形成了一艘战斗飞船，飞往了空中。

它们在海面上空盘旋着，搜索着那颗巨型能量球的信号。

突然，它们发现在下面蓝色的海面上，出现了一个巨大的漩涡。

只见漩涡越转越快，越转越大，在漩涡的中央被托起了一颗半黑半蓝的巨型能量球。

古达："啊，好大的一颗巨型能量球！"

沙拉："我们赶紧打开飞船的能量磁场，把它吸上来！"

说着，它们变形的飞船便飞到了海面上那颗巨型能量球的上

空，开启了能量磁场。只见两股巨大的磁场能量流呈包围状吸引下方海面漩涡中的那颗巨型能量球。

那颗半黑半蓝的巨型的能量球被吸得从海面上慢慢飞起。

这时卡沙的 0078 号黑洞飞船在古达与沙拉的飞船旁边出现，也打开了能量磁场吸入舱！

那颗已悬空的巨型能量球，顿时被吸得快速地往上飞去！

下面的蓝龙兽与黑龙兽从大海中飞身跃起，张嘴去扑夺那颗巨型能量球。

一旁上空中，白矮星号战斗母船内，星辉公主一行人见此险境，担心巨型能量球会被卡沙它们夺走，赶紧开启了能量磁场吸入舱，并把"吸入目标"瞄准了那颗巨型能量球。

一瞬间，那颗巨型能量球又被白矮星号战斗母船吸了过去。

古达："啊，巨型能量球跑了!"

沙龙："糟糕! 他们的能量磁场的威力比我们大!"

卡沙一皱眉，一个歪点子出来了："有了，我想到了一个好办法!"

卡沙说着，开启了 0078 号黑洞飞船之前封存黑色能量流的开关，把黑色能量流又注入了它们的能量磁场中。

顿时，那颗巨型能量球又被那股黑色的能量流拉了过来!

蓝龙兽与黑龙兽见此情景，施展起能量球的召唤功，黑龙兽喷吐出了一股黑色能量流，蓝龙兽则喷吐出了一股蓝色的能量流。

那颗半蓝半黑的巨型能量球又被它们俩的能量流给吸引着，往下飞落而去。

沙拉："啊，巨型能量球落下去了！"

卡沙："看来只能直接夺取了！"

说着，卡沙驾驶的 0078 号黑洞飞船在空中变形成了一个身材巨大的机器人，伸展着巨大的机械手，朝那颗巨型能量球抓去！

可是那颗巨型能量球有着滚烫的能量流，卡沙一抓到手里，便烫得"呜里哇啦"地怪叫着，疼得它只好甩手将那巨型能量球扔掉。

而海面上的黑龙兽与蓝龙兽，变形成了蓝龙兽国王与黑龙兽国王的龙兽国王模样。

只见它们各自双掌合一，施展"能量召唤拳"，把那颗巨型能量球往下方召唤。

就在那颗巨型能量球快飞落到蓝龙兽国王、黑龙兽国王的跟前时，上空中卡沙所变的巨型机器人又变形成了一个紫色的黑洞能量巨人。

只见它慢慢地伸出了一只紫色的黑洞能量之手，靠近了那颗巨型能量球，并一把抓住了它。

卡沙大声招呼上面："古达、沙拉，快变形成巨型飞船，打开能量舱！"

古达、沙拉齐声回应道："是！变形！"它们"咔嚓咔嚓"地

变形成了一艘巨大的黑洞飞船。

眼见巨型能量球又要被夺走了，蓝龙兽国王与黑龙兽国王飞身而起，变形成了两个身材巨大的怪兽人，各自挥舞着能量拳，左右包围地攻击向了卡沙所变的巨型黑洞能量人。

而古达、沙拉的那艘巨型的黑洞飞船，就快朝它们这边靠近过来了……

星辉公主与洪崖兽将军驾驶着巨型白矮星号战斗母船，赶忙飞了过去，朝巨型黑洞飞船发射了 M5 能量弹："咻——咻——咻——"攻击得巨型黑洞飞船根本无法靠近卡沙所变的巨型黑洞能量人。

这时，蓝龙兽国王与黑龙兽国王所变的怪兽人挥舞着能量拳，已把卡沙所变的黑洞能量人攻击得快要倒下了。

洪崖兽将军打开了白矮星号战斗母船的能量吸入舱，启动了"卷入型"能量磁场系统。

卡沙手上的那颗巨型能量球，一下就被卷入了巨型母船的能量舱内！

接着，星辉公主启动了能量系统，复制了巨型能量球的能量，朝卡沙所变的黑洞能量人与巨型黑洞飞船射去了一颗颗超强威力巨型能量弹！

这颗巨型能量球的能量威力巨大，很快便把卡沙所变的黑洞能量人轰炸得飞出了老远！

古达与沙拉所变的巨型黑洞飞船也被击穿了几个大洞，于是

它们只好仓皇逃走。

蓝龙兽国王与黑龙兽国王正准备飞身扑向白矮星号战斗母船，却见母船打开了能量舱吐出了那颗巨型能量球！

白矮星号战斗母船降落，周勇与叶兰从旋梯上走了下来。

周勇："两位国王陛下，能否听我们的一句劝语？"

蓝龙兽国王与黑龙兽国王恭敬地向周勇与叶兰行礼，答道："两位外星盟友请讲！"

周勇："其实，你们根本就不用为争夺巨型能量球而决战，你们是可以和平共处的！"

叶兰："你们可以把星球分为东西两半球，然后各居一半，这样就解决了。"

蓝龙兽国王："那巨型能量球的首领怎么选呀？"

周勇："这个也好办，你们可以轮任首领啊，只要你们能和平共处，就能共同把你们星球的环境污染的问题治理好了。"

叶兰："如果能有效利用资源与能源，到时你们的星球就能繁荣昌盛了！"

黑龙兽国王用沙哑的怪兽声音说道："两位恩人，你们讲得很有道理，蓝龙兽国王，你认为怎样？"

蓝龙兽国王望了望自己身后直点头的蓝龙兽群，声音洪亮地说道："我也赞成这个好建议！"

黑龙兽国王："那好吧，蓝龙兽国王，我们击掌言和！"

说着，蓝龙兽国王与黑龙兽国王便在蓝色的大海中走到了一起击掌，之后紧握着对方的手，表示着和平与友好的开始！

　　它们身后的蓝龙将与黑龙将们，纷纷举起了怪兽手欢呼着。

　　Kepler-22b 行星的内部和平问题解决了，周勇与叶兰朝蓝龙兽国王与黑龙兽国王挥手告别而去。

　　周勇笑着道别："我们走了，希望你们永远都能和平共处！"

　　叶兰欢快地边说边握拳打手势："只有团结才能抵抗强敌哦！"

　　周勇与叶兰说着，在白矮星号战斗母船启动的传输闪光束中，手牵着手飞起离去。

第二十四章
　　　黑洞势力卷土重来

　　蓝龙兽国王与黑龙兽国王朝周勇与叶兰挥手告别。

　　在它们的身后，蓝龙将与黑龙将及各自的龙兽兵，也朝周勇与叶兰挥手告别。

　　上白矮星号战斗母船后，周勇与叶兰问洪崖兽将军。

　　周勇："将军，接下来我们将去哪里？"

　　洪崖兽将军沉吟了片刻："依我的看法，卡沙没有得到巨型能量球，肯定是不会善罢甘休的。所以，你们还得留在这星球上，以免卡沙它们卷土重来，抢走巨型能量球！"

　　星辉公主："我们还要去银河系执行一些别的任务，你们俩先驾驶隐形光能飞船在这附近打探一下卡沙它们的踪迹。"

　　周勇、叶兰："好的，那我们这就驾驶隐形光能飞船出发了。"

没多久，洪崖兽将军便把周勇与叶兰的隐形光能飞船从白矮星号战斗母船上发射了下来。

他们驾驶着隐形光能飞船往 Kepler－22b 行星最南部、最小的一个漂浮岛飞去。

再说卡沙与古达、沙拉，此时已来到了 Kepler－22b 行星最北部、最偏僻的一个漂浮岛上修整。在这个漂浮岛上的一个空旷的山洞内，停着一艘受损严重的巨型 0078 号黑洞飞船。

古达走到卡沙的面前说道："卡沙先生，Kepler－22b 行星上的巨型能量球又失手了，如果我们就这样回黑洞 N 斯城堡，N 斯博士肯定会把我们给销毁了的，现在我们该怎么办？"

卡沙："还能怎么办？只能去把巨型能量球夺回来！"

沙拉："可我们的能量损失惨重，飞船也受损了，夺回能量球可不是件易事。"

卡沙："那等我们先把飞船修整好，再去夺取能量球吧。"

说着，它们便一起开始修理飞船。

它们三个分工明确：古达负责烧能量焊，沙拉负责喷漆，卡沙则坐在主控系统前，负责调试系统。

忙碌了好些天，它们终于把飞船修好了。

卡沙把 0078 号黑洞飞船系统设置成了"隐形模式"，准备安心休整了。

沙拉："忙碌了这么多天，我们也该好好地休息一下了。"

卡沙："好的，大家快补充能量，修整好了之后，咱们便可开始第二轮夺取巨型能量球的行动了！"

说着，疲惫不堪的它们躺倒在飞船的能量充值座椅上，开始

补充体内的能量。

它们头顶上的能量充值器闪烁着补充能量的红绿灯之光。

而此时的叶兰与周勇驾驶着隐形飞船，在 Kepler－22b 行星上四处搜索卡沙 0078 号黑洞飞船的信号。

可是，转了一大圈却一点信号也没搜索到。

周勇："奇怪了，我们搜了那么久，都没搜索到它们的信号，难道卡沙它们已离开这里回黑洞星岛去了?"

叶兰："不可能，上次没有夺到巨型能量球，它们一定怕 N 斯博士怪罪，肯定是不敢回去的!"

周勇："可是，我们都围绕 Kepler－22b 行星反复搜索好几遍了，却怎么还不见它们的飞船信号?"

叶兰："依我看，只有一种可能，那就是它们把飞船修理好并且启动了隐形模式!"

周勇："难道……"

叶兰急切地问道："难道什么?"

周勇："它们会不会是躲藏在某处，正补充能量呢?"

叶兰："嗯，有这个可能!"

周勇："我们不如也好好休息一下，接连战斗了几场，真是感觉累了。"

叶兰："好的，那我们把飞船先隐形停在空中，等卡沙它们一出来，我们的飞船搜索系统便能自动跟踪搜索到它们的飞船信号了!"

说着，他们便把飞船设置成"静仃隐形"模式，并开启了外星飞船信号自动追踪系统。之后，两人便进入太空休息舱休息去了。

几个小时后，卡沙、沙拉、古达它们体内的能量便充满了。休整完毕的它们精神一振。

卡沙："好了，我们该去寻找巨型能量球了！"

沙拉："可是，我们该去哪里寻找呢？"

卡沙："据我的初步猜测，那颗巨型的能量球一定被他们放置在海底的某个洞穴中。"

古达："你的意思是，存放能量球洞穴的入口一定是在某个漂浮岛上？"

卡沙："是的，古达，你太聪明了！"

沙拉："那我们去哪找这个洞穴的入口呢？"

古达："那还不简单，我们只要搜索到那颗巨型能量球的辐射能量流，便能找到那个山洞的入口了！"

卡沙："嗯，想法正确，沙拉，你要多向古达学着点！"

沙拉望了卡沙的背影一眼，又朝古达那边瞪了一眼，小声地嘀咕道："哼，两个臭味相投的家伙，我才懒得浪费脑细胞，想那么多呢！"

卡沙："准备起航！"

说着，它们便驾驶 0078 号黑洞飞船，从 Kepler－22b 行星最北部、最偏僻的那个漂浮岛上腾飞而起。

它们围绕着 Kepler－22b 行星搜索着巨型能量球的辐射能量流。

卡沙它们在各个方向的半球上空中都搜遍了，才在 Kepler－22b 行星最南部、最小的一个漂浮岛上空，搜索到了巨型能量球

的超强能量辐射信号。

沙拉指着屏幕说道："快看，有超强的能量辐射信号！"

卡沙应声走了过来："嗯，让我看看！"

果真，卡沙发现能量搜索系统的屏幕上显示着超强的辐射能量流，其高标值的曲线图还在往上飙升着。

卡沙："看来，通往海底的藏巨型能量球的石洞入口，就在这个漂浮岛上了！马上准备降落！"

它们的飞船在上空中现身而出，并快速地降落在了下面的漂浮岛上。

飞船降落在岛上之后，它们各自拿着一个能量感应棒下了飞船，循着辐射能量流的来源方向走去。

走了没多远，它们便看到了一个山洞口，而那超强的辐射能量流就是从那山洞口处发射出来的。

卡沙指着前面的那个山洞说道："藏能量球的石洞入口，一定就是那山洞了！"

沙拉："我们赶紧到山洞底下找巨型能量球吧！"

卡沙："等等，先别走！"

沙拉："为什么不走呀？"

古达："我们还没隐形呢，要是被那些龙兽发现了，我们夺取巨型能量球的计划就泡汤了！"

卡沙望着沙拉直叹气："唉，沙拉，你什么时候有古达的一半聪明就好了！"

沙拉不快地在心底嘀咕："哼，要我学马屁精的聪明，我才不干呢！"

说着，它们三个便隐形往那个石洞内走去。

这时，在周勇与叶兰的光能飞船上，"外星飞船信号追踪系统"发出了"嘀嘀嘀"的警报声！

叶兰与周勇正睡得迷迷糊糊的。叶兰先被惊醒了，她从太空床上弹跳而起。

叶兰："周勇，快起来，有新情况！"

周勇也起身说道："是不是跟踪到卡沙的飞船信号了？"

叶兰指着跟踪系统的屏幕信号曲线图说："外星飞船信号追踪系号显示卡沙的黑洞飞船刚才在 Kepler－22b 行星最南部、最小的一个漂浮岛上空出现过，并往那个漂浮岛上降落了！"

周勇："那我们赶紧追过去，卡沙它们一定是去搞破坏了！"

说着，他们驾驶着隐形飞船往那边飞去。

叶兰："难道卡沙已搜索到了放置巨型能量球的具体位置？"

周勇："不可能，你还记得吧，我们上次在孵化蓝龙蛋的洞道中，搜寻了那么久都没找到放置巨型能量球的洞道！"

叶兰："说不定被它们歪打正着给找到了，那就麻烦了！"

周勇："等等，先别下去，我们得在上空中搜索到卡沙它们的飞船降落的具体地点，这样才能更快找到它们！"

第二十五章
黑洞兽军搜寻巨型能量球

周勇利用飞船的定位搜索引擎，在上空中搜索了一阵后，将目标位置锁定在一座小山坡前的一个山洞。

周勇："锁定目标！卡沙的 0078 号黑洞飞船降落点在下面那个山洞的前方 20 米处！"

叶兰想了想，略带猜测地说道："这么看来，卡沙它们一定是进入那个山洞口去寻找巨型能量球了！"

周勇："那我们马上下去，到山洞中追踪它们！"

叶兰："好的，马上降落！"

周勇："但愿还能及时阻止它们的恶行！"

飞船降落后，他们下了飞船，启动了能量腰带上的按钮，收起了隐形飞船。

隐身的他们直奔前面的那个山洞，匆忙地走了进去。

周勇边走边观望，发现与之前他们所走过的那些山洞不同的是，这个山洞中的石洞壁是由整齐的长方形的石块砌成的洞壁。石洞道中倍感清凉舒适，而且山洞是呈平缓的斜坡状往下面的石洞深处延伸的。

周勇用白矮星岛的心语同叶兰交流。

周勇："这条石洞道好宽、好大啊！"

叶兰："是啊，石洞壁也那么整齐。看来，这条洞道果然有玄机。"

周勇："我们小心点，千万别碰着暗能量流之类，要是把我们冲击到另一个时空，我们的拯救计划就泡汤了！"

叶兰："嗯，小心为妙！"原来，他们又想起了上次从0078号黑洞飞船上迫降到一个奇异的外星岛上，被一股暗时空能量流冲击到地球的地心处四维空间的情景。

而此时，在前边的洞道深处，卡沙与沙拉、古达它们三个手里各自拿着一个能量感应棒，循着辐射能量流的来源方向，往前走去。

它们循着那条洞道往前走了很远，来到了一个拱形的石洞口处，没想到这个洞口很低矮，它们只好趴倒在地上，从那个低矮的洞口爬了进去，进入了一条狭窄的石洞道中。

沙拉："啊，洞道那么狭窄呀？"

卡沙在它们的身后命令道："把身子变小，继续前行！"

缩小身子后，它们继续往前走去，又来到了一个三角形的石洞口处。

洞口处闪烁着一股奇异的半黑半蓝的能量之光。

卡沙："看来前面离巨型能量球不远了！"

沙拉："那我们走快点，赶紧把巨型能量球夺出来！"

古达却在一旁提醒大家道："离巨型能量球越近，就越得小心，它们一定有重兵守护！"

卡沙："嗯，还是古达聪明，我们小心防备！"

沙拉嘟噜着嘴，嘀咕道："哼，我都不知道到底是谁拍谁的马屁了！"

卡沙不小心听到了，扭头厉声地问沙拉："你在说什么？"

沙拉："没什么，我只是在想古达那么聪明，是不是比您更适合当我们的将军？"

卡沙火了，气得拍了一把沙拉的头："你这臭小子！"

沙拉这才发现自己失言了，说道："对不起，我说反了，我本来想说古达不应该在这指挥您！"

古达："沙拉，你胡说什么？我只是为了大家的安全着想，提醒大家注意安全而已！"

沙拉："好了。你们俩都对，我错了，行吧？唉……"

卡沙走过去，拍了一下沙拉的头："你不会说话，以后就少说！"

沙拉闷不作声地往前走去。

它们走到了一个棱形的石洞口处，奇怪的是，这洞口处竟然闪烁着金色的能量之光。

"啊！"走在前面的沙拉停下了脚步，不敢往前走了。

卡沙："臭小子，这么胆小还来参战！"

沙拉："我哪是胆小，只是谨慎而已！"

卡沙带头走入了那个石洞门内。

它们进去后才惊诧地发现，这是一间错综复杂的大石室。

卡沙："啊，这间石室怎么那么巨大？"

古达："大倒是不奇怪，只是这石室的四周怎么会有那么多奇怪的出口？"

沙拉："我们该从哪个出口出去，才能进入藏巨型能量球的那条洞道呀？"

卡沙："等等，让我想想……哦，我明白了！"

古达也正准备说："我知道了，这么多的洞道出口一定是用来迷惑……"

卡沙厉声阻止道："古达，你还当不当我是将军？怎么每次都抢在我前面说话！"

一旁的沙拉扭过头去，捂嘴得意得偷偷冷笑："嘿嘿嘿！"

卡沙郑重其事地说道："我明白了，这么多的洞道出口，一定是为了防止巨型能量球被盗走所布的一个迷魂阵！"

沙拉："那我们现在该怎么办？"

卡沙扭头指着古达说道："好了，古达，现在该轮到你说话了！"

古达神情冷峻地想了想，郑重地说道："唯一的办法就是我们藏在这里，等候那些看守巨型能量球的龙兽军进来，我们再跟在它们的身后，这样就能找到巨型能量球了！"

卡沙："不错，想法很棒！只是古达，你思考问题不太全面。你忘了我们手中有能量感应棒，我们只要在每个洞口处测试一

下，哪个洞口处的能量辐射值最高，便是藏放巨型能量球的石洞入口了。"

沙拉："太好了，那我们赶紧去测试吧！"

正当它们小心地测试的时候，却不料在它们的身后有一只金角黑龙兽闯进了这间石室。

（备注：金角黑龙兽是黑龙兽国的护法兽，它的眼睛里闪烁着金色的能量之光，能看到一切外星隐形生物）

金角黑龙兽发现了三个外星入侵者："啊，有入侵者！"说着，金角黑龙兽便狂吼着扑咬向了它们。

卡沙扭头见金角黑龙兽从石门外扑腾了进来，慌乱地招呼沙拉与古达："糟了，它竟然能发现我们！"

卡沙："准备战斗！"

古达变形成了一条巨大的紫色的怪兽蛇，沙拉则变形成了一只巨大的六腿双尾的褐鳄兽，它们左右夹攻地扑咬向了金角黑龙兽。

而卡沙则变形成了一名黑洞战士，从身后拖出了一把乌黑的黑洞邪剑，飞身挥砍向了金角黑龙兽的头部。

哪知金角黑龙兽把头往后一仰，巧妙地躲闪开了。

沙拉所变的褐鳄兽扑咬向了金角黑龙兽左边的背脊，边啃边在心底直嘀咕："呜哇！这家伙的皮真硬，哎哟，我的牙齿快掉了！"

古达所变形的紫色怪兽蛇，凌空而起，低头扑咬向了金角黑龙兽的脖子。

哪知金角黑龙兽浑身的皮坚硬得像钢铁似的，怎么咬都咬不动!

　　这时，卡沙挥舞着黑洞邪剑刺向了金角黑龙兽的脖子，一剑刺下去便划破了一道口子，流出了黑色的汁液。

　　卡沙："配合作战模式!"

　　褐鳄兽与紫色怪兽蛇，点了点头，"呜哇"地狂吼一声，算是应答。

　　紫色怪兽蛇风一般地围绕金角黑龙兽快速地转起圈来，像绳子一般地把金角黑龙兽捆绑了起来。

　　金角黑龙兽正要低头用锋利的牙齿扑咬紫色怪兽蛇身，却不料褐鳄兽从一旁飞身跃起，扑咬向了金角黑龙兽的身子!

　　金角黑龙兽从嘴里吐出了一股黑色的能量流喷射向了它们!褐鳄兽与卡沙所变的黑洞战士被能量流冲击到了两边的石洞壁上。

　　那巨大的冲击力令它们俩怎么挣扎都没法下来。

　　这时，紫色怪兽蛇把金角黑龙兽的身子越勒越紧，导致它呼吸困难，嘴里黑色的能量流越喷越小，最后金角黑龙兽竟然因呼吸困难而晕倒了!

　　卡沙从石洞壁上飞身跃下，跳到了金角黑龙兽的脖子上，从身上掏出了一个装着紫色液体的注射器，从刚才划破一道口子的地方，把紫色的液体注射到金角黑龙兽脖子上的静脉血管。

　　沙拉："这是什么液体呀?"

　　卡沙："保密，等它醒来后，你们就知道这是什么了!"

第二十六章
金角黑龙兽变异

古达："这是智能控……"

卡沙生气地说："古达，你再说我可要生气了！"

沙拉不快地在心底嘀咕："哼，都是自己人，用得着这么保密吗？"

它们三个把金角黑龙兽放倒在地上，变回了隐形黑洞军，准备转身出去。

古达："现在就出去呀？可我们还没测试到通往储藏巨型能量球的洞口呢！"

卡沙指着左边的那扇很大的石洞门说道："不用测试了，我刚才发现金角黑龙兽就是从这扇石门进来的！"

它们顺着那扇石门，进入了一条缓长的往下延伸而去的石洞道。

再说周勇与叶兰，他们已走到了那个棱形的石洞口外面。

周勇诧异地说道："奇怪了，这个石洞口处怎么闪烁着金色的能量之光？"

叶兰："别乱猜了，我们进去看看就知道了！"

周勇："咱们小心点，毕竟这里是黑龙兽国与蓝龙兽国共同的禁地！"

叶兰："嗯，好的，你也小心点！"

说着，他们一前一后地走入了那扇棱形的石洞门。

进去后，他们也傻眼了——发现自己进入了一间空旷的大石室中，环望了一下四周，发现有很多的大小各异的石洞门出口。

叶兰一脸惊诧地："啊，这么多的石洞门，该从哪一扇出去？"

周勇："是呀，我也看花眼了，不知从哪出去？"

叶兰："早知如此，我们还不如提前通知黑龙兽国王或蓝龙兽国王，让它们派个向导进来！"

周勇："但是如果那样会打草惊蛇，一旦让卡沙它们知道了，我们的跟踪计划就会失败的！"

突然，叶兰像是突然发现了什么似的，大声说道："快看，那是什么？"

周勇："啊，金角黑龙兽！"

叶兰："奇怪了，它怎么会倒在这里？"

他们立即现身走了过去。

周勇走过去看了看，发现它的脖子上有道伤痕："它受伤了，一定是刚才与卡沙它们发生了一场恶战！"

叶兰："唉，看来我们还是来迟一步，没能阻止它们的恶行！"

这时，他们惊诧地发现，金角黑龙兽的眼里闪烁过一道紫色的光后睁开了眼睛！

叶兰："它醒来了！"

周勇："它受伤了，我们扶它起来吧！"

当他们正要扶起金角黑龙兽时，它却瞪着一双闪烁着紫光的眼睛望了他们一眼，扭头用头顶上的金角凶猛地顶刺向了他们。

周勇跃向一旁，并招呼叶兰小心。

周勇："小心，防备它的攻击！"

叶兰往一旁跃出了几米远，余惊未了地说道："刚才好险！看来它是受控了！"

周勇："你看它的眼睛闪烁着紫色之光，一定是被卡沙它们注射了邪恶的控制药剂，控制住了它大脑的神经系统！"

叶兰吓得恍然大悟地说："啊，这么说来，咱们得把它当敌人对付了！"

说着，身着白矮星岛太空服的他们，分别从身后抽出了一把蓝色光能剑与一把红色光能剑，左右夹攻刺杀向了金角黑龙兽。

哪知金角黑龙兽却毫无畏惧，一边狂吼一边扑咬向了他们，最后把他们给逼到了一个石洞的死角处。

周勇提醒叶兰："赶紧变形成光能兽与它战斗！"

叶兰变形成了一只红色的光能兽，周勇则变形成了一只蓝色的光能兽，他们扭身扑咬向了身前的金角黑龙兽。

金角黑龙兽见此情景，调头跑了几步，哪知两只光能兽追了过去。

金角黑龙兽往前跑了几步后扭过头来，低头耸动着头顶上的一对金角，刺向了蓝色光能兽与红色光能兽。可是它却根本刺不到光能兽，因为光能兽是由光分子组成的。它的金角刚一碰着光能兽，光能兽便弹跃而起，飞跃到了另一个方向。

为了尽快结束这场盟友乱战，红色光能兽与蓝色光能兽朝金角黑龙兽各喷吐出了一股红色、蓝色的光能量。

就在那两股光能量快要击中金角黑龙兽时，它狂吼了一声，从嘴里喷吐出了一股半黑半紫的能量流，抵挡住迎面而来的一红一蓝的两股能量流！

三股能量流在洞空中碰撞，发出了"轰隆"的巨响，而后，半黑半紫的金角黑龙兽的能量流占了上风，把一红一蓝的光能量流冲击到了空中！

"哇！"那一红一蓝两只光能兽也被冲击得撞向了石洞壁上，变回成了身着太空服的周勇与叶兰，摔落到了石洞地上。

周勇："啊，它的能量流中夹杂了黑洞能量流，一定是被卡沙它们控制了！"

叶兰："小心，它又扑过来了！"

他们赶紧挥舞着光能剑，往后躲闪开。

可金角黑龙兽依然凶猛地扑了过来。

周勇："啊！"

叶兰："完了！"

正在这万分危急的时候，只见一道金色的剑光在他们的眼前一闪，一名黑龙将飞跃到了他们的身前，挥舞着手中的金色之

剑，一剑刺向了金角黑龙兽金角下的一个凹进去的穴道。

金角黑龙兽"呜"地怪叫一声，便应声"砰"地倒下了。

周勇与叶兰定神一看，发现黑龙将站手握金剑，英姿飒爽地站在他们的面前。

周勇欣喜地说："黑龙将，是你呀!"

叶兰也惊喜地说："太好了，总算把它给制服了!"

黑龙将感到既惊喜又诧异："你们不是走了嘛? 怎么又回来了?"

周勇："我们本来是打算回白矮星王国，可是担心卡沙它们会再来夺取你们的能量球，我们便又返回了，没想到真被我们给猜中了!"

黑龙将："啊，难道那帮祸害又来夺能量球了?"

叶兰肯定地点了点头，说道："是的，我们搜索到了它们飞船的信号，跟踪它们来到了这里!"

黑龙将："看来我们得提高警惕性了，不过你们放心，那颗巨型能量球，我们已派重兵把守，它们是夺不走的!"

周勇与叶兰相互对望了一眼，周勇问黑龙将："我们可以去放置那颗能量球的洞穴内看看吗?"

黑龙将低头略做思考，然后肯定地点了点头，说道："当然可以，我们欢迎两位外星盟友去参观!"

叶兰迫不及待地说："事不宜迟，我们现在就去吧!"

黑龙将指着地上的金角黑龙兽："你们得在这里等一下，等我把它送去隔壁的一个山洞里。"

周勇："好的，那我们在这边等你!"

　　黑龙将点了点头，弯腰扛起了地上躺着的金角黑龙兽，往右边的一扇石洞门外走去。

　　叶兰用白矮星心语与周勇交谈。

　　叶兰："这黑龙将会不会是卡沙的同党变的?"

　　周勇："依我看不像!"

　　叶兰："对了，金角黑龙兽刚才会不会已被刺死了呀?"

　　周勇："应该不会吧，估计黑龙将刚才只是点了它的某个穴道!"

　　叶兰："但愿我的担忧不要变成现实，要不然，局势就不是我们能掌控的了!"

　　这时，黑龙将走了进来。

　　黑龙将："两位外星盟友请跟我走。"

　　说着，它便在前面引着周勇与叶兰，往刚才卡沙它们走过的那扇石门走了出去，进入了一条略微陡峭地往下延伸的洞道。

第二十七章
机关重重的洞道

石洞道两边的洞壁上，有很多凶猛的黑龙兽与蓝龙兽的石雕壁画。

周勇直赞叹："这些壁画可真是栩栩如生啊！"

黑龙将："这是很多年前，一位外星雕塑家帮我们雕塑的，前面不远处的一间石室内，还有他自己的一座雕塑呢！"

叶兰兴趣盎然地说："是吗？那我们快看看去！"

说着，叶兰快步地往前走去，果真在前面的不远处有一座几米高的雕塑。可是，让叶兰感到惊诧的是，那雕塑竟然身着地球上中国人的古代服装，英俊的两道剑眉，手握画笔的姿态，看起来非常儒雅。

周勇："奇怪了，这位地球的古代人是怎么来到你们的星球的？"

黑龙将："很多年前，我们的国王曾在星际间寻找最好的雕塑家，去过很多星球都没找到，后来，它们就去了太阳系的地球寻找。当时，很多的地球画家与雕塑家见到我们黑龙兽国王的模样很多都害怕得逃走了。只有这位英勇而又智慧的雕塑家——山子先生答应了来这里工作。那些蓝龙兽、黑龙兽的雕刻壁画，他花了很多年才完成。当他完成这些壁画后，他已经年老体衰，没法再回到地球去了。

当时，他很思念他的故乡，而我们的黑龙兽国王担心他承受不了穿越时空的艰辛旅程，便没敢送他回地球，最后，他在我们的星球寿终正寝！"

叶兰："那后来他被埋葬在了哪里？"

黑龙将："他临终前交代过我们，叫我们在他死后，把他的身体烧成骨灰，用一个他从地球带来的瓷坛子装了起来，如果以后有地球人路过我们星球，就要把他的骨灰带回地球，葬在地球的东海边。他说，东海是他的故乡，那里是他魂牵梦绕的地方！"

周勇诧异地说："奇怪了，地球的古代，东海里是不可能住人的，难道他是……"

叶兰："是什么，你倒是快说呀！"

周勇："难道这位老画家是地球古代的神龙？"

叶兰想了想，诧异地摇头又点头地说道："有这个可能，但是与现实似乎又不太相符，毕竟你我都没有见过地球的东海神龙！"

黑龙将见他们在嘀咕，又听不懂在说什么，像突然想起了什么似的说道："对了，他还留下了一幅他自己的画像，我去拿给

你们看。"

说着，黑龙将一闪身，不见了踪影。

叶兰与周勇正诧异地东张西望时，却见黑龙将的手里拿着一幅画像出现在了他们的面前。

黑龙将小心翼翼地把画像放在周勇与叶兰的面前展开。为了看得更清楚，周勇与叶兰把头盔罩向上掀起。

他们发现那是一幅中国古代的画像，与雕塑的容貌很像。突然，黑龙将望了望周勇，又望了望那幅画像，一脸惊喜地说道："他与你长得很像！"

周勇吓得浑身一颤："啊！不会吧？"

黑龙将："是真的，长得很像，你叫她帮你看看！"

一旁的叶兰仔细地望了望周勇，又扭头仔细地望了望那幅画像，也惊讶地肯定道："是呀，简直一模一样！"

周勇有点不知所措地说："不可能，我怎么会与他长得这么像呢？"

叶兰："难道他便是你在地球古代的前世？而那时的你，竟是一条东海神龙！"

周勇紧张而又尴尬地擦拭着额头上的汗水："别开玩笑了，这怎么可能呢？"

叶兰："这不是可不可能的问题，是事实摆在这里了！"

这时，黑龙将恭敬地端着那个装着骨灰的瓷坛子走了过来，对周勇说道："周勇，既然你与他这么有缘，就请把他的骨灰带走吧，如果以后你们有机会去地球，就把他的骨灰带回地球的东海边安葬吧！"

周勇："既然如此……那好吧！"

周勇说着，拿出了一块在白矮星得到的黄布把那个骨灰坛子变小后包了起来，打成包袱，背在了腰间。

突然，他感觉有一股微热的能量流注入了他的身体内似的，他的鼻子酸酸的，有点想流泪的感觉。

也许，他是为那位客死异星球的地球同胞难过吧。可是，又怎么感觉有一股微热的能量流注入了他的体内呢。他也弄不清楚怎么回事了，但是他又不敢告诉叶兰，怕她担忧。

从那间石室中走了出来后，黑龙将便领着他们沿着刚才那条有石雕壁画的洞道往前走去。

走到那条洞道的尽头后，他们便往左走进入了一条平坦的石洞道。

奇怪的是，这条洞道中似乎有一股热流在涌动，看来，离巨型能量球越来越近了！

周勇："这条洞道中好热，难道是离巨型能量球越来越近了？"

黑龙将："是的，往前再走两条洞道就要到了！"

叶兰也直擦着额头上的汗水："哇，还真是很热哦！"

可他们却不知道，在身后的不远处，已隐形的卡沙与古达、沙拉却悄悄地跟踪了过来！

往前右拐后走进了另一条蓝色的石洞道。

叶兰问黑龙将："奇怪了，这条石洞道怎么是蓝色的？"

黑龙将："这是蓝龙兽国修建的一条保护能量球的石洞道，走上去时，如果不念蓝龙咒语，这条石洞道便会发出警报声！"

周勇："那是什么咒语?"

黑龙将:"蓝龙巴拉巴拉过!"

叶兰："我们也要念吗?"

黑龙将:"是的,如果不念,你们就没法过去!"

叶兰与周勇也赶紧跟着念:"蓝龙巴拉巴拉过!"

奇怪了,他们刚一踏上那条洞道的地板,便"唰"地一下滑行到了洞道的尽头。

叶兰："奇怪,怎么这么快就过来了呀?"

周勇:"是的,好像就踏了一步,早知道就不念那咒语了!"

黑龙将在一旁笑了:"嘿嘿嘿,如果不念,你们就要被一股超强的蓝龙能量流击中,到时你们就倒下起不来了!"

叶兰："啊,这么危险,幸亏念了!"

在他们后面不远处跟着的卡沙与古达、沙拉也把对话听在耳里了。

它们三个掩嘴得意地冷笑着:"嘿嘿嘿,我们也知道了!"

周勇与叶兰跟在黑龙将的身后,来到一扇石门跟前。

他们正诧异,却见黑龙将在石门上画了一个圆圈,里面又画了一条龙的形状,只听见"吱啦"一声,那扇石门便自动打开了,那是一条黑色的洞道。

周勇与叶兰站着不敢往前走了。

黑龙将扭头问他们:"你们俩怎么不走了?"

周勇:"你还没教我们咒语呢!"

叶兰:"是呀,我们怕被黑色能量流给击中,所以没念咒语之前不敢走了!"

222

黑龙将爽朗地笑了："哈哈，这条洞道的密码是我们黑龙兽族人的指纹，而指纹印证就在石门上，我刚才已印证过了，你们就放心地往前走吧！"

"哦，原来是这样呀！"叶兰笑了。

周勇："让您见笑了！"

黑龙将："嘿嘿嘿，你们地球人的逻辑思维太有趣了！"

说着，黑龙将便领着他们往前走去。

卡沙它们站在石门外傻眼了，因为它们没有黑龙兽的指纹，根本没法前行。

叶兰与周勇感觉走在那条黑色的洞道上像是踩在棉花团上面似的，软绵绵的。

周勇："奇怪了，这条洞道的地板为什么是软的？"

叶兰："怎么我感觉这条洞道没有之前的那条洞道那么热了？"

黑龙将："这是因为我们在这条洞道中安装了隔热层。"

当他们走到那条洞道的尽头时，一扇很大的石洞门敞开着，黑龙将带领他们走了过去。

当他们走过那道石门后，周勇与叶兰发现——在他们的头顶上方一个巨大的透明容器内，放置着一颗巨型的半黑半蓝的能量球！

第二十八章
赴黑龙兽国王茶宴

那颗巨大的能量球上不时地缭绕着蓝色、黑色的能量。

周勇："哇，好大的一颗巨型能量球！"

叶兰庆幸地说道："还好，它还在这里，没被卡沙它们夺走！"

黑龙将笑了："哈哈哈，怎么会被夺走呢，我们这里可是守备森严啊！"

叶兰："奇怪了，我们走了这么远，怎么都不见有蓝龙兽把守呀？"

黑龙将："我们星球的新守备法规定，蓝龙兽守护辽阔的海面，因为它们的潜艇技术比我们发达，黑龙兽则负责守护漂浮岛的各个洞道。"

周勇恍然大悟地说道："哦，怪不得了！"

黑龙将："好了，巨型能量球你们已经看过了，现在该放心了吧？"

周勇："放是放心了，但是卡沙它们三个我们还没找到呢！"

黑龙将："你们别担心了，它们就算进得来，也出不去的，我们到处都布了暗哨！"

叶兰："那你先忙去吧，我们再去别的洞道中找找卡沙它们！"

黑龙将："请等一下，上次你们走后，我们黑龙兽国王一直很后悔没做一件它应该做的事。这次，你们又回来了，我得帮它完成这个心愿！"

周勇与叶兰一脸好奇地问道："什么事？"

黑龙将："它想邀请你们去黑龙宫做客，感谢你们帮我们赶走强敌！"

叶兰担心去黑龙宫又会吃什么难吃的食物，或是见到一些恐怖的事情，谢绝道："这是我们应该做的事情，叫黑龙兽国王不必放在心上！"

黑龙将像是猜到了叶兰在想什么似的，说道："你们去我们黑龙宫也没有什么好东西招待你们，我们黑龙兽国王最珍贵的是乌龙茶，一般的客人都吃不到呢！"

叶兰："哦，那倒没关系！"

周勇："国王叫我们去，一定还有别的什么要事吧？"

黑龙将："你猜对了，我们国王有两件礼物要送给你们，上次想追你们送去，结果你们已上了飞船，没赶上！"

周勇与叶兰见盛情难却，也只好答应去一趟了。

周勇："那好吧，我们跟你去一趟吧，不过我们要速去速回，以免卡沙又搞了破坏，到时就来不及收拾残局了！"

黑龙将："好的，你们见过我们国王后，就可以回来找卡沙了！"

周勇与叶兰跟着黑龙将往左边的一条洞道走去。

而卡沙与古达、沙拉它们已跑回石室大厅寻找金角黑龙兽，准备把它带走。

在那个大洞厅内，沙拉最先跑进去。

沙拉："啊，金角黑龙兽不见了！"

卡沙："什么？不见了！再四处找找！"

古达与沙拉在那间大洞厅中四处寻找着，可还是不见金黑龙兽的踪影。

古达："会不会是被刚才的那个黑龙将搬到别处去了？"

卡沙想了想，说道："嗯，有这个可能！那我们分别去各条洞道中去搜寻，你们找到后马上通知我！"

古达："是！"

沙拉："遵命！"

说着，它们便分别去大厅四周的洞道中搜寻金角黑龙兽去了。

周勇与叶兰跟随黑龙将走到了一扇类似电梯的石门跟前。

黑龙将在门上快速地点了几下，几道黑色的能量光便击向了那石门。

石门"吱啦"地打开了，里面果真是一扇通往地层底下的能量梯。

令周勇与叶兰感到诧异的是能量梯上的图标却只有黑龙兽的眼睛才能看到，而且启动的开关是黑龙兽的指纹密码。

这时，黑龙兽做了一个请的手势，对周勇与叶兰说道："两位，这是通往我们黑龙兽国皇宫的能量梯。"

周勇与叶兰刚走进去，能量梯门就关上了，并且快速地往下降落。在能量梯内，闪烁着一圈一圈彩色的亮光。

叶兰："哇，这能量梯好快啊！"

周勇："那些彩光看得我很眩晕！"

黑龙将："哈哈哈，这是我们黑龙兽国的七彩能量梯！"

周勇与叶兰恍然大悟地说："啊，怪不得了！"

也不知道往下降了多深，能量梯停了下来。

黑龙将在能量梯的门口处一按，"唰"地打开了能量梯门。

黑龙将："两位请！"

说着，黑龙将便带着周勇与叶兰往一条宽敞明亮的洞道中走去。

走到尽头时，他们又进入了一扇能量梯门。

这次黑龙将开启能量梯后，周勇与叶兰发现能量梯竟然往左边的洞道深处快速地运行着。

黑龙将驾控着能量梯，先是往下运行，而后拐向右边，接着向下运行，最后又向左拐、向下运行一段后便停住了。

叶兰在心底嘀咕："哇，真是头昏眼花！"

黑龙将："我们到了！"

叶兰："黑龙将，你们的科技太发达了，再坐下去，我可能

要'晕梯'了!"

黑龙将:"哈哈哈!我们黑龙兽国的皇宫,不是谁都可以进的,蓝龙兽国的国王都没被我们邀请进来过呢!"

周勇:"看来我们是太幸运了!感谢国王的盛情邀请!"

他们跟着黑龙将走出了能量梯,沿着一条晶光闪亮的洞道往前走了没多远,便来到了一座乌黑闪亮的城堡。

黑龙将:"这就是我们的皇宫了!"

黑龙将的话刚落音,身披黑色外袍,头戴金色头盔,身着金色紧身盔甲装的黑龙兽国王已站在大门外迎接他们了。

黑龙兽国王:"欢迎两位外星贵客光临!"

它热情地张开双臂,上前与叶兰、周勇分别拥抱了一下。

而后,国王领着他们走向了前面关上的皇宫门。

黑龙兽国王刚走到皇宫门口,伸手朝门发射了一股黑色的能量流,能量门便打开了。

黑龙兽国王领头走了进去,黑龙将、周勇、叶兰也跟着进去了。

门内是一个空旷的银光闪闪的大厅,黑龙兽国王引着他们,一直往里走了很远,经过一道道能量门后,来到了一间会客大厅。

大厅的桌子上摆放着一把很大的茶壶,那是一把地球中国古代所制的陶瓷茶壶。

黑龙兽国王拿起了那把茶壶,向叶兰与周勇自豪地介绍道:"这个可是我从遥远的太阳系的地球带回来的一把最好的茶壶,今天我就用它泡最珍贵的乌龙茶,来招待我们尊贵的两位客人吧！"

说着，黑龙兽国王亲自为周勇与叶兰各倒了一杯乌龙茶。

令周勇与叶兰感到惊诧的是，这茶叶果真是地球上的乌龙茶！

叶兰好奇地问："国王，您为什么喜欢喝地球的乌龙茶？"

黑龙兽国王肯定地点了点头，沉吟了片刻后说道："很多年前，我去过地球一趟，在地球上我的能量不能及时供给，我饿得头昏眼花，走进一家地球餐馆时，客人都被我的古怪模样吓跑了，我被当成怪物被赶了出来！"

说到这里，黑龙兽国王的目光中含着泪光，喝了一口乌龙茶接着说道："正在我不知该如何是好的时候，山子先生走来了，他随手递给我一壶乌龙茶，让我把这茶喝了。他说喝下不但能填饱肚子，而且还能神清气爽、身轻如燕！

"我一口气把那壶乌龙茶喝下了。果然，我感觉身体舒适了很多，便同他说起我来地球找雕塑家的事，后来他说他就是雕塑家和画家，我真是喜出望外，就把他给请来了！"

周勇："怪不得国王对乌龙茶情有独钟，原来，这里面还有一段友情与救命之恩！"

黑龙兽国王："是的，只可惜山子先生现在不在了，唉，他在的时候常陪我下地球的象棋、喝茶，现在这种日子再也找不回了！"黑龙兽国王说着，满脸带着落寞的神情。

周勇："地球象棋我倒也略知一二，等我们赶走卡沙后，我陪国王下几盘象棋吧！"

黑龙兽国王："是吗？那太好了！"

突然，黑龙兽国王像想起了什么似的，说道："对了，我还有两件礼物要送给你们！"

黑龙兽国王说着，吩咐身旁的侍卫："快去把我准备好的两件礼物拿来！"

侍卫应声走了出去，过了一会，拿来了两个银色的长条形的盒子。

黑龙兽国王从侍卫手里接过那两个盒子，放在桌子上打开来。

只见一把银光闪闪的大刀与一把银光闪闪的长剑，呈现在叶兰与周勇的眼前。

黑龙兽国王："这是用我们黑龙兽国的'黑龙井'的井水与黑龙兽国的矿土及黑龙兽的能量炼成的黑龙刀与黑龙剑，它们不但能变形成黑龙兽助战，而且能量巨大，是非常得力的武器。"

说着，黑龙兽国王把黑龙刀送给了周勇，把黑龙剑送给了叶兰。

叶兰一直在担心卡沙它们会不会再去偷能量球，她在一旁悄悄地拉了周勇的手好几次，暗示他快点离开，与她一起去寻找卡沙的踪迹。

周勇见聊得差不多了，起身向黑龙兽国王告辞："国王，我们这次回来，主要是因为我们发现卡沙还停留在这星球上，担心对你们的星球不利，所以特意又赶回来，帮你们对付它们！"

他们正说着，黑龙将匆匆跑了进来报告："报告国王，巨型能量球失踪了！"

第二十九章

巨型能量球失窃

黑龙兽国王一脸惊诧地说："什么？巨型能量球失踪了？"

周勇肯定地说："一定是卡沙它们干的！我们赶紧去找，估计它们还没走多远！"

叶兰却在心底担忧地嘀咕："唉，还是被它们抢先一步，这下麻烦可就大了！"

他们匆忙走出了皇宫，往放置能量球的洞道中赶去。在那条蓝色洞道的尽头，他们碰到了蓝龙兽国王。

蓝龙兽国王："听说巨型能量球被盗了，我赶来与大家商议搜寻之策！"

大家赶忙去了一旁的一间洞厅中商议。

商议后，大家决定兵分三路去追回巨型能量球。

　　叶兰与黑龙兽国王、黑龙将在洞道内寻找；蓝龙兽国王指挥潜艇队在大海中搜索；周勇与蓝龙将则驾驶隐形光能飞船在海面上空搜索卡沙飞船信号的踪迹与巨型能量球的下落。

　　商量完毕，大家迅速出动。

　　叶兰关切地对周勇说道："你小心点！"

　　周勇："放心吧，我会注意的。倒是你，我不在你身边，一定要注意保护好自己！"

　　叶兰强忍着心中的不舍，灿烂地笑着："我会的，一起加油！"

　　周勇与蓝龙将迅速赶到漂浮岛上，周勇按下腰间的光能量腰带按钮，变出了一艘光能战斗飞船，与蓝龙将一起上了飞船后快速起飞。

　　他们驾驶着战斗飞船，在上空中搜索着卡沙的 0078 号黑洞飞船的信号。

　　而此时的叶兰正陪同黑龙将与黑龙兽国王，在放置能量球的那座漂浮岛下面的洞道中，四处搜寻着卡沙、古达、沙拉的踪迹。

　　快速地搜寻过了附近的几条石洞道后，黑龙兽国王带领大家来到了四周有着很多石洞门的那间石室大厅内。

　　黑龙兽国王："现在大家分组去四周的洞道寻找卡沙它们的踪迹。"

　　说着，黑龙兽国王便把大家分成了十二个小组，国王带着一名侍卫，留在大厅里指挥大家的行动。其他的十一个小组，每个小组进入一条洞道中去搜寻。

叶兰与黑龙将进入了一条最大、最幽深的洞道中去寻找。

蓝龙兽国王在一艘潜艇中，指挥着水下潜艇队搜寻巨型能量球的踪迹。

他们在海底四处搜索着，潜艇的搜索系统闪烁着奇异的信号灯光。

而卡沙它们此时已变成了黑洞怪兽军的模样，正躲在一个空旷的幻境山洞中。

这个山洞大得像一个山谷，它们身边不远处的空地上，放着一颗巨大的半黑半蓝的巨型能量球，闪烁着奇异的光彩。

左边的空地上，金角黑龙怪兽狂躁地挣扎着，却又被黑洞怪兽军按住，卡沙给它注入了一针"智能控制激素"，金角黑龙兽便又倒下睡着了。

卡沙："嘿嘿嘿，巨型能量球总算到手了！"

沙拉却担心地说："卡沙将军，我们什么时候才能走出这个山洞，上 0078 号黑洞飞船呀？那些龙兽军会不会已追过来了？"

卡沙走过去，拍了一下沙拉的头，骂道："你这胆小鬼，怕这怕那的！放心吧，我在这四周布下了幻境洞道，他们是没法进来的！"

古达也在一旁安慰沙拉道："别担心，我们在幻境山洞中的话，龙兽军是找不到我们的！"

卡沙指着金角黑龙怪兽说："等这家伙醒来后，它便能乖乖地归顺我们，把我们送到洞外去了。"

沙拉："可是它要多久才能醒来？"

卡沙："这可说不准了，N斯博士没有说注射这药后要多久才能醒来，我们只能慢慢等了！"

沙拉不快地嘀咕："唉，这下又得等很久了！"

而在前面不远处的一条洞道中，叶兰与黑龙将往前走了很远，竟然来到了一个里面弥漫着紫色雾气的山洞中。

黑龙将："奇怪了，这条洞道中怎么有紫色的能量流涌动？"

叶兰有强烈的预感说道："我想卡沙它们一定在这附近！"

黑龙将："啊，那咱们得小心点！"

叶兰本想隐身前去，但又碍于黑龙将在身旁，以免引起它误会。

她和黑龙将摸索着往前走了一段后，发现前面出现了两个洞口处。

黑龙将："奇怪了，怎么会出现两个洞口了？这里平时明明是一条直通的洞道呀！"

叶兰在一旁提醒道："不会是你记错了吧？你再仔细想想。"

黑龙将想了想，肯定地说道："我真的没有记错，这其中有一个洞口一定是多出来的！"

叶兰恍然大悟："啊！那其中一条洞道一定是卡沙布的一条幻境洞道！因为我们曾在黑洞星岛上见过它们的幻境布置术，有可能它们在这里也施展了幻境术。"

黑龙将："你的意思是它们有可能会藏在幻境洞道中？"

叶兰肯定地说："嗯，有这个可能，布下幻境洞道是它们的专长！"

黑龙将："可是，这两条洞道哪一条才是幻境洞道呢？"

叶兰："这很简单啊，咱们俩各走一条洞道，看看情况就知道了！"

黑龙将："嗯，好的，那我走左边那条洞道！"

叶兰："我就走右边的那条洞道吧"

叶兰往前走了几步后便明显感觉到，洞道内紫色能量流越来越强，她按下隐形光能棒的按钮，隐身向前走去。

可是，她感觉往前走了很远都没有走到头，仿佛那条洞道是没尽头似的。

而另一条洞道中，黑龙兽很快便跑到了洞道的尽头它发现洞道的尽头，有一道熟悉的能量梯的入口。

黑龙将："看来这条不是幻境洞道。糟了，叶兰有危险！"

想到这里，它转身快速地往回跑，刚跑回起点处，便一头钻入了另一个幻境洞道中，快速地奔跑着。

不过，黑龙将这次是帮倒忙了，因为它奔跑的动静实在是太大了。

在幻境洞道中，卡沙它们正静候金角黑龙兽醒来，助它们出洞，突然听到传来了一阵奔跑的脚步声。

卡沙："有动静！"

古达："这声音听起来很近，好像就在这附近！"

沙拉："他们会不会是把我们给包围起来了？"

卡沙："别瞎操心，我先看看在哪条幻境洞道确定了再启动

'幻境怪兽阵'困住他们。"

卡沙说着,从身上取出了一个遥感幻境控制器,按下了"开启"按钮。

遥感幻境控制器显示,黑龙将正在第三条幻境洞道中快速地奔跑着。

卡沙:"这个蠢蛋,动静这么大,怪不得吵死人了!"

卡沙按下了一个"幻境怪兽阵"开启按钮,它阴险地冷笑道:"嘿嘿嘿,想同我斗,可有你们受的!"

再说周勇与蓝龙将驾驶着隐形光能战斗飞船,在海面上空搜索了很久也没有搜索到卡沙飞船的半点踪迹与信号。

蓝龙将手里拿着一个能量遥感搜索器也无济于事。

周勇:"奇怪了,难道卡沙它们已离开这星球了?"

蓝龙将:"不可能,我们的巨型能量球是与地心引力有相吸功能的,如果它们不启动巨型飞船的能量磁场,巨型能量球是无法被带离我们星球的!"

周勇想了想,说道:"只要它们曾启动过飞船,我就能追踪到卡沙的飞船信号与太空航线,可能它们也在等待时机吧。"

蓝龙将摸了摸头顶上的蓝龙角,分析道:"照这样看来,巨型能量球还在海底洞道中,可是,究竟被藏在哪里了?为什么我们蓝龙兽国的能量遥感搜索器搜索不到能量信号呢?"

周勇:"你们在每条洞道中都安装了能量感应器吗?"

蓝龙将:"是的!"

周勇:"那就奇怪了,等等,让我再想想……"

周勇说着，低头沉思了一阵，而后，欣喜地抬起了头，说道："我知道在哪了！"

蓝龙将急切地问道："藏在哪里？"

周勇："在黑洞星岛时，我们曾去过它们布下的幻境森林，如果我猜得没错的话，卡沙它们夺取了能量球后，一定还没离开，而是躲藏在了自己布的一个'幻境洞道阵'中。"

蓝龙将："啊，如果是这样，盟友叶兰就有危险了，你赶紧去那边助战吧！"

周勇："好的，可是，这边的搜索计划也得执行啊！"

蓝龙将："别担心，还有我呢，你快去帮他们！"

第三十章
幻境洞中勇斗黑洞兽军

蓝龙将飞身跳出了飞船，"咔嚓、咔嚓"地在空中变形出了一艘蓝色的飞船，继续搜索去了。

周勇则驾驶着隐形光能战斗飞船降落下来。

刚一降落到 Kepler－22b 行星最南部、最小的那个漂浮岛上，他便收了飞船，用白矮星国的心语与叶兰联络。

周勇："叶兰，你在哪里？请回复，请回复！"

可他等了好一会，也没听到叶兰的心语回复。

周勇担忧焦虑地说："糟了，叶兰与黑龙将一定误入了幻境洞道！"

周勇急得挠了一下后脑勺，嘀咕道："她应该能认出幻境洞道的，怎么也进去了呢？唉，这疯丫头，一定是明知山有虎，偏向虎山行！"周勇说着，转身奔向身后不远处的那个山洞口。进

238

入了山洞，周勇隐身快速地沿着那条洞道急奔而去。

周勇边跑边在心底后悔道："唉，早知这样，我就应该坚持把叶兰带在身边了！叶兰，你千万别有事，要是出了什么意外，让我该怎么办呀！"说着，周勇急得眼角流下了担忧的泪水。

再说在幻境洞道中，叶兰正隐身朝前走着，发现前面弥漫的紫色迷雾气中隐约可见一些巨大的黑洞幻境怪兽朝她这边走来。

她小心地避开往前走去。还好，那些黑洞怪兽看不到隐身的她。

正在这时，她的身后传来了一阵"蹬蹬蹬"的脚步声与黑龙将的呼喊声："喂，你在哪里？"

叶兰生怕黑龙将叫出她的名字，那样被卡沙它们听到，麻烦就大了！

她赶紧变形成白矮星王国的太空战士，招呼黑龙将。

叶兰："我在这里！"

黑龙将跑了过来，欣喜地说道："太好了，总算看到你了，我刚才还担心你出意外了呢！"

叶兰："我没事，谢谢你！"

黑龙将望了望前面那些朝他们走来的怪兽："啊，那是什么？"

叶兰："那是幻境怪兽蛇与紫鳄兽，小心点，它们很厉害的！"

黑龙兽："那我们准备变形战斗！"

叶兰："好的！变形怪兽模式决战！"

叶兰边说边按下了能量腰带上的变形光能兽的按钮，话音刚

落，叶兰变形成了一只红色光能兽，黑龙将则变形成了一只巨大的黑龙兽。

它们俩一左一右地大步迎向了包围过来的黑洞怪兽。

黑龙兽走在前面，摇头晃脑地狂吼着："呜哇，呜哇！"

有两只紫鳄兽一左一右地围攻了它，黑龙兽张开大嘴，啃咬向了迎面扑来的紫鳄兽的身子与脖子！

叶兰所变的红色光能兽刚往前飞奔几步，便有两条怪兽蛇围攻过来。

红色光能兽扭头朝那两条怪兽蛇喷吐出了一阵红色的光能量焰火。那两条怪兽蛇被红色的光能量焰火光烧得原地挣扎着。

怪兽蛇狂吼地扑咬向了红色光能兽的身子，虽然它们无法咬伤红色光能兽，但是那些怪兽蛇每咬一口，叶兰便感觉身子有如被针刺般地刺疼。

红色光能兽被怪兽蛇扑咬得在地上打了几个滚后，又站了起来，变形成了一名白矮星岛的太空战士，手里握着一把红色的光能剑，飞身跃入了前面的怪兽蛇群中。

只见她挥舞着手中的红色光能剑，刺杀着那些从四周向她包围而来的怪兽蛇。

那些怪兽蛇伸展着乌黑的怪兽蛇头，"咝咝"地吐着暗红的舌头。

其中一条怪兽蛇扑咬向了叶兰的头部，她迅速把身子一歪，一剑便砍断了那怪兽蛇的蛇头。

接着，身后又有一条怪兽蛇扑咬了过来，叶兰在头盔的反光镜中见此险境，扭身一剑刺向了怪兽蛇的脖子处。

怪兽蛇"呜"地低呼一声，身子便倒下了。

　　一旁又一条怪兽蛇正张开血盆大嘴，也朝她的头部扑来，她赶忙挥剑刺入了那怪兽蛇的嘴中。

　　叶兰喘着粗气："糟了，照这样打下去，我与黑龙将绝不是它们的对手！"可容不得她分神去想了，因为又有几条怪兽蛇朝她围攻了过来。

　　而在她左边的不远处，黑龙将所变的黑龙兽正被一群紫鳄兽围攻着。

　　黑龙兽低头咬住一条紫鳄兽，用力一甩，便扔出了老远。

　　之后，它又扑咬向了另一条紫鳄兽。可在它的身后，还有三条紫鳄兽包围着，扑咬向了它的后背与后腿。

　　"呜哇、呜哇！"黑龙兽气恼地狂吼着，扭头凶恶地扑咬向了那些围攻向它的紫鳄兽！

　　看着黑龙将与叶兰就要陷入了紫鳄兽与怪兽蛇的包围困境，站在一面四方形的幻境遥感控制器前观战的卡沙幸灾乐祸地欢呼着。

　　卡沙："哈哈哈，你们死定啦！乖乖地束手就擒吧！白矮星岛的光能太空军又出现了，嘿嘿嘿，真是踏破铁鞋无觅处，得来全不费功夫！"

　　古达："将军，待会，等他们支撑不住时，我们就把他们一网打尽吧！"

　　卡沙："哈哈哈，那当然了！"

　　在幻境洞道中，叶兰惊恐地发现四周又多出了很多的紫鳄兽与怪兽蛇，不停地从四周朝她与黑龙兽围攻了过来。

　　见此情景，叶兰感觉浑身发软。她奋力地挥剑又砍倒了几条怪兽蛇之后，累得身子一歪，快要倒下了！

　　她将手中的红色光能剑插在地上，吃力地撑住了身子。

　　疲惫不堪的叶兰感觉头一阵眩晕，疲惫地闭上双眼，就要倒下了。

　　突然，她的耳边传来的黑龙将的吼声："快出黑龙剑！"

　　听到呼喊，叶兰精神一振，从腰间抽出了黑龙兽国王赠送她的黑龙剑，只见一道黑色剑光一闪，乌黑发亮的黑龙剑便被拔出。叶兰挥舞着手中的黑龙剑，砍向了那些从四周围扑过来的怪兽蛇。

　　黑色剑光一击中怪兽蛇，便变形成了一只只黑龙兽，凶猛地扑咬向了那些怪兽蛇！

　　叶兰欣喜地在心底欢呼："果真是奇剑！"

　　叶兰快速地挥剑刺向了那些从四周围扑过来的怪兽蛇，每刺出一剑，都有一只黑龙兽扑向那怪兽蛇。

　　叶兰不由得舒了一口气。见黑龙将所变的黑龙兽正被一群紫鳄兽扑咬，她飞身过去挥舞着黑龙剑，砍向了那些紫鳄兽，一道道剑光变形成了一只只黑龙兽与那些紫鳄兽战斗着。

　　很快，包围圈被破解，黑龙将所变的黑龙兽飞身一跃，跃到了叶兰所变的白矮星太空战士身旁，变形成了身着盔甲装的黑龙将。只见它满头汗水地说道："咱们快突围出去，这里太危险了！"

　　"啊，又来了很多呀！"叶兰扭头一望，发现四周又有很多的怪兽蛇与紫鳄兽包围了过来。

　　叶兰气馁地说道："这些幻境怪兽是打不死的，会越打越多！唉，也许我们没法突围出去了！"

　　黑龙将恍然大悟："啊！原来是这样！"

　　这时，叶兰的身后传来了一声沉闷而又似曾熟悉的声音："谁说没法突围了，我们来帮你们突围！"

　　她扭头一望，发现黑龙兽国王与周勇带领一帮黑龙兽军冲进来了。

　　叶兰看到周勇顿时精神一振，大声地说道："周勇，快用黑龙刀去砍那些幻境怪兽！"

　　周勇："好的，我们边打边撤！"

　　黑龙兽国王："大家准备往外撤退，由我来断后！"

　　说着，黑龙兽国王挥舞着双掌，施展起了黑色能量的"排山倒海功"。

　　一股巨大的黑色能量流从它的掌中推出，排山倒海般扑向了那些围涌过来的怪兽蛇与紫鳄兽。

　　那些怪兽蛇与紫鳄兽被击得高高飞起，撞击到了石洞壁上。

　　黑龙兽国王边施功，边回头招呼大家："快，你们快撤！"

　　令人意想不到的是，卡沙的"智能控制激素弹"发射了过来，黑龙兽国王不幸被击中，英勇地倒下了。

　　叶兰扭头惊呼："啊，快救国王！"

　　周勇与黑龙将一左一右地跑过去扶住了黑龙兽国王。

　　黑龙兽国王抬起了头，有气无力地提醒他们："我……我没事……你们快撤！"

　　黑龙将背起了国王，叶兰与周勇则各自挥舞着手中的黑龙剑

与黑龙刀砍向了那些朝他们追过来的怪兽蛇与紫鳄兽。

一道道黑色的刀光与剑光闪过后，一只只黑龙兽腾跃而起扑咬着那些幻境洞道中的怪兽蛇与紫鳄兽。

他们一边战一边退，匆匆地退出了那条洞道。

当跑到那条幻境洞道的出口外时，周勇回头发现那些紫鳄兽与怪兽蛇虽然都追到了幻境洞道的出口处，却狂吼着不敢出洞！

他赶紧扭头跟在大家的身后，往前面的洞道跑去。

大家往前跑了一段后，他们发现蓝龙兽国王带着一帮蓝龙兽军也赶来接应了。

蓝龙兽国王见黑龙兽国王受伤，关切地问道："黑龙兽国王怎么了？"

黑龙将："国王被卡沙的暗弹击中了！"

蓝龙兽国王："啊，那你赶紧送它回去休养吧！我来与两位外星盟友商议一下夺回能量球的下一步行动计划！

黑龙将点了点头，背着黑龙兽国王扭头往黑龙兽国皇宫洞道急奔而去。

第三十一章
伤痛的离别

晚上，黑龙兽国王从床上爬了起来，只见它像梦游似的走出了皇宫，乘着一道道能量梯往放置能量球的那条洞道走去。

而后，又从那条洞道中一脸茫然地走入了卡沙它们藏能量球的幻境洞道。

奇怪的是，此时的幻境洞道中却空荡荡的，什么也没有。

黑龙兽国王一直往前走，找到了那颗巨型能量球，并施展"能量球变形法"，把那颗巨型能量球给变小了。它从身上抽出了一把黑龙金刀，金色的刀光像一根绳子似的牵引着那颗变小了的能量球，跟随在它的身后飞出了洞道。

黑龙兽国王一直牵引着那颗能量球走出了那条洞道，往漂浮岛上的出口处走去。

而此时，洞外已天亮了。

上空中，卡沙正驾驶着 0078 号黑洞飞船在等候着接收巨型能量球。

卡沙见黑龙兽国王用金色刀光牵引着那颗巨型能量球走了出来。它在上空中把飞船调整好了位置，开启了飞船的能量接收器的引力磁场。那颗巨型能量球在能量磁场的引力中高高飞起。

蓝龙兽国王与叶兰、周勇他们进入了一旁的一间石室中商议。

突然，周勇的外星飞船信号搜索器，"嘀嘀嘀"地响了起来。

周勇："不好，卡沙的飞船出动了！"

叶兰："啊，它们一定开始运送巨型能量球了！"

蓝龙兽国王："具体位置在哪？我们赶紧去阻止！"

周勇低头看看搜索器上的"目标"位置图："Kepler－22b 行星最南部、最小的那个漂浮岛上！"

说着，他们快如风般地往洞外的漂浮岛上赶去。

而此时，在漂浮岛上，巨型能量球已在卡沙飞船的能量磁场引力中高高飞起，黑龙兽国王此时似乎已慢慢清醒了过来，只见它用劲地摇着头，揉了揉眼睛。

黑龙兽国王："啊，巨型能量球被夺走了！"

它一拍自己的头，后悔莫及地说："天哪，我做了什么呀？我真该死！"急得飞身跃起，想去夺回能量球，可是，此时的巨型能量球已飞到了黑洞飞船的舱口处了！

正在这万分危急的时候，蓝龙兽国王与变形成白矮星太空战士的周勇、叶兰走出了洞口。

周勇与叶兰抢先飞身去夺能量球！

见此情景，古达与沙拉从 0078 号黑洞飞船上飞身跃下，准备迎战。

身着蓝色太空服的周勇与身着红色太空服的叶兰，挥舞着光能剑与古达、沙拉决战了起来。

黑龙兽国王与蓝龙兽国王则在下面施展"能量球召唤功"，企图把巨型能量球召唤下来。果真，巨型能量球开始渐渐往下移动。

卡沙："啊！看我的，发射！"

卡沙启动了飞船的发射按钮，把被它控制的金角黑龙兽发射到了飞船的上空中。

只见金角黑龙兽施展"金色能量召唤功"，又把能量球高高拉起。

正在这僵持不下的时候，叶兰说："不能再拖了，必须速战速决，打败它们！"叶兰突然想起了黑龙剑的威力，她拔出了黑龙剑去与古达决战，周勇用黑龙刀去砍沙拉。巨型能量球见到黑龙刀与黑龙剑后，又向周勇与叶兰这边飞了过来。

这时，星辉公主与洪崖兽将军驾驶着的白矮星号巨型母船在上空中出现，并且启动了吸入式能量磁场功能。他们用之前复制的巨型能量球的能量把巨型能量球招引了进去。

不巧的是叶兰在扭头观望能量球时，却因一时分神而被古达的巨力手给抓走。古达抓到叶兰后，马上变形成了一艘怪兽飞船

飞走了。

周勇急得直惊呼："叶兰！不!"

正与周勇决战的沙拉乘机飞身一跃，变形成了一艘小型飞船追赶古达的变形飞船而去。

周勇急得要去追，却被星辉公主的巨型母船从半空中吸入了飞船舱内。

上空中的卡沙见白矮星号巨型母船出现了，吓得赶紧把 0078 号黑洞飞船隐身逃走……